ALLIE PRISE AU PIÈGE

BRISER SES CHAÎNES, TOME 2

MELI RAINE

Traduction par
WELL READ TRANSLATIONS

Titre original : Chasing Allie
Couverture : Camber Designs
Traduction de l'anglais : Well Read Translations

Retrouvez toute l'actualité de Meli Raine en vous inscrivant à
la newsletter sur : http://eepurl.com/beV0gf

ALLIE, PRISE AU PIÈGE

Il se trouve que mon beau-père a élaboré un plan à mon sujet.

Un plan qui ferait presque passer la mort pour une issue fort enviable.

Il a décidé de vendre ma virginité à un baron de la drogue mexicain pour payer ses dettes.

Chase vient de l'apprendre et il est là pour me mettre en sécurité. Pour m'emmener vers l'océan. Vers mes rêves.

Mais alors que je suis en fuite, un meurtre se produit dans ma ville natale. Je reçois un appel de la police.

Le suspect numéro un, c'est moi.

Si je reviens, je pourrais devenir la première victime de cette machination.

On dit que l'amour est assez fort pour déplacer des montagnes, mais Chase sera-t-il assez fort pour me sortir de tout cela ?

* * *

---

*J*e hurle :

— Oh hé ! Je suis là ! dis-je en me pointant du doigt. Je vous signale que je suis un être humain et que vous parlez de moi comme si je n'existais pas.

— Ça, on est sûrs que tu existes, ma poulette, dit doucement Galt. Tu le regretteras très bientôt, d'ailleurs.

Chase se tend.

— Qu'est-ce que ça veut dire, putain ? Et comment ça, elle est déjà prise ?

Galt émet un petit rire qui lui monte au nez. Quebec, lui, se contente d'un sourire sarcastique, mais il garde les yeux fixés sur moi.

— Vous devriez vous estimer heureux de ne rien savoir, ni l'un ni l'autre. Venez, tout de suite. Il faut qu'on la ramène au bar.

— Hors de question que je la ramène là-bas. Elle était justement en train de fuir le bar quand je l'ai trouvée au bord de la route, dit Chase d'une voix grinçante.

Galt me lance un regard menaçant.

— Alors ça y est, tu t'enfuis pour de bon ?

La peau sur mes bras et sur mes jambes – du moins les parties qui ne sont pas toutes éraflées – commence à me picoter. Il se passe quelque chose dont il refuse de m'informer. Ça commence vraiment à me faire flipper.

— Je me suis disputée avec Jeff. J'ai enfourché ma bécane pour faire un tour.

— D'accord, gamine, me dit-il. Fais-la monter sur *ta* bécane à toi maintenant, Chase. Tu vas la ramener au bar.

— Je veux bien rentrer à la maison, dis-je, mais pas au bar.

Galt crache par terre à quelques mètres de moi. Il a un gros morceau de tabac à chiquer coincé entre les dents. Beurk. Heureusement que Chase ne partage pas cette habitude avec son père.

— D'accord. Du moment que Chase te livre à Wakefield. Le reste, je n'en ai rien à foutre.

— Je vais le faire. Vous pouvez partir maintenant, leur crache Chase à la figure.

— Oh, non, non, monsieur. Tu vas avoir droit à la meilleure escorte possible à cause de toutes tes conneries. Quebec et moi, on va te suivre jusqu'à chez elle pour être sûrs que tu la lui livres en bonne et due forme.

— Avec une petite fleur en cadeau, ajoute Quebec en souriant.

— Ça veut rien dire, Quebec, dit Galt. C'est même pas drôle.

— Tu sais bien, Galt. La fleur... de sa virginité ? Elle est vierge.

— J'ai pigé. Mais c'est pas drôle.

Ils s'avancent tous les deux en direction de leurs motos, à râler comme un vieux couple marié qui se plaindrait que la tête de veau de leur dîner en amoureux n'est pas à leur goût.

— Génial, je dois rentrer de force à la maison et notre escorte semble tout droit sortie d'une vieille série sur TVLand, grommelé-je.

Chase ne réagit pas et se contente de cracher par terre, loin de moi, avant de s'essuyer la bouche du revers de la main.

Un rayon de lumière lui éclaire le visage. Je m'écrie :

— Tu saignes !

— Je me suis fendu la lèvre, me dit-il dans une sorte de reniflement. Maintenant, on est assortis.

En boitant vers lui, je soupire :

— Oh, Chase.

Je relève la main, et mon coude craque, pour lui caresser le visage.

— Quebec t'a blessé ?

— Ce n'est que mon orgueil qu'il a blessé, me dit-il. Il me fait vraiment chier avec ce regard de bête qu'il pose sur toi. Il n'a pas le droit de faire ça.

Chase me fixe intensément avant de reprendre.

— Il n'a pas le droit et je ne le laisserai pas faire.

Je le crois.

Merci, dis-je calmement.

On entend les deux motos démarrer dans un vrombissement de moteurs.

— Chase ! beugle Galt.

— Mais tu ne peux pas démonter la tête de tous les types qui parlent de moi en des termes pareils.

— Oh, attends un peu pour voir, dit Chase en passant doucement son bras autour de ma taille.

Il m'aide à avancer jusqu'à sa moto. Je me tiens debout devant elle.

Relever ma jambe pour grimper sur la moto me demande maintenant le même effort que si l'on me mettait au défi d'escalader le Mont Everest.

Je me mets à gémir rien que de penser à la douleur que je vais ressentir.

Le visage de Chase se contorsionne en une expression

sympathique qui paraît presque un peu trop émue. La journée a été longue. J'ai commencé par aller retrouver David, qui m'a amenée ici chez Chase. Je me suis embrouillée avec Jeff avant d'avoir un sérieux accident de vélo. Ensuite, Chase m'a ramenée dans sa petite cabane et nous avons failli faire l'amour.

La journée a duré une éternité.

Pas seulement pour moi, d'ailleurs. Je vois que Chase a du mal à garder son sang-froid. Il essaie de se montrer fort pour moi. J'apprécie le geste et essaie de lui montrer mon approbation.

— Oh, ma chérie, me dit-il, la voix étouffée de compassion. Ça va te faire si mal de devoir enfourcher ma moto. Mais tu n'as pas le choix, Allie.

La langue comme paralysée par mes larmes, je murmure :

— Je sais. Je sais, mais j'ai mal partout, Chase.

Éclatant en sanglots, je me mets à pleurer contre sa poitrine, blessée par le picotement de mes larmes salées qui coulent sur ma peau éraflée. Les petites poussées de douleur que je ressens ne sont rien par rapport à l'énorme douleur de mes articulations.

Ni par rapport au trou béant qui me transperce le cœur.

— Je ne veux pas rentrer à la maison, Chase, murmuré-je.

C'est peut-être évident, mais je ressens le besoin de m'exprimer quand même.

Il acquiesce en me tenant près de lui. Je sens son menton bouger au-dessus de ma tête.

— Je vois ça. J'aimerais pouvoir te garder ici. Il n'y a pas moyen que tu partes avec moi dans la planque d'Atlas, putain. Ces types feraient…

Il émet un bruit de dégoût et continue :

— Disons juste que Quebec est un gentleman en comparaison à certains autres mecs de la bande.

*G*alt et Quebec ont au moins la décence d'attendre au bout du chemin pendant que Chase me ramène pile devant ma porte. C'est un miracle que j'aie réussi à tenir le coup pendant tout le trajet jusqu'à la maison. Tous les os et tous les muscles de mon corps hurlent de douleur.

La simple pensée de décoller mes jambes enveloppées autour de Chase pour rentrer chez moi me donne envie de pleurer, pas seulement parce que Chase va partir, mais aussi parce que je ne sais pas si j'arriverai à monter les escaliers jusqu'à ma chambre. Je pourrais peut-être dormir sur le canapé.

Non, ça ne va pas le faire. Je ne veux pas que Jeff me trouve ici en rentrant. Il me hurlerait dessus de suite, alors que si je peux monter à l'étage et aller dans ma chambre j'aurai au moins droit à un moment de répit.

Chase déplie la béquille de la moto et en descend prudemment, en se retournant vite vers moi pour me tenir et me maintenir stable.

— Passe tes bras autour de mon cou, me dit-il d'une voix réconfortante.

Curieusement, il arrive à me faire glisser pour descendre de moto sans me faire trop mal.

Je me tiens face à lui, les jambes chancelantes, non pas à cause du désir, mais parce que je suis épuisée.

— Il faut que tu rentres, que tu prennes un grand verre d'eau avec des analgésiques. Ensuite, va te coucher.

Il repousse la mèche de cheveux qui me tombe sur le front.

— Quand tu te réveilleras, évite de te regarder dans une glace, me dit-il avec un sourire triste.

— C'est si moche que ça à voir ?

— On dirait que tu ferais une super doublure.

Je ricane en regardant mes pieds.

— Je crois qu'il n'y a qu'une seule personne destinée à devenir une doublure dans notre couple.

L'atmosphère qui règne entre nous change brutalement.

Couple. Ça y est, je l'ai dit.

Couple.

Chase penche la tête et ses cheveux lui tombent dans les yeux. Cela lui donne un air si sauvage et libre.

— Un couple… dit-il sans aucune interrogation dans la voix. Ça me plaît, ce terme… ajoute-t-il en se penchant sur moi, puis m'embrasse tendrement sur les lèvres.

Au loin, quelqu'un fait gronder son moteur.

Chase laisse entendre un grognement de frustration. Message reçu.

Message ignoré.

Je fais un pas avec précaution jusqu'à la petite estrade en béton face à la porte de la maison. La lumière s'allume grâce au détecteur de mouvement. Chase se tient face à moi, toujours sur le chemin. Nous nous regardons les yeux dans les yeux.

— Je suppose que ça fait de toi ma petite amie, Allie.

Mon cœur se met à siffloter de bonheur. Je peux en

entendre l'écho s'élever au loin dans les grandes plaines du désert.

Tandis qu'il s'avance vers moi pour m'embrasser, je murmure :

— Et toi, tu es mon petit copain.

C'est plus qu'un petit bisou cette fois.

Le bruit de plusieurs moteurs déchire le silence de la nuit avant que nous ne puissions nous embrasser. La voiture de Jeff apparaît, suivie des motos de Galt et de Quebec. Oh, bon Dieu. On n'avait pas besoin de ça.

Chase se fige et passe son bras autour de moi dans un geste protecteur, comme toujours.

— Je savais que c'était une mauvaise idée de te ramener ici, murmure-t-il alors que les moteurs s'éteignent. La portière de Jeff s'ouvre brusquement.

Qui tient le bar ? me demandé-je.

Je suis trop fatiguée pour avoir peur désormais.

— Si tu as posé tes sales pattes sur elle et que tu l'as souillée, Chase Halloway, le sang va couler, hurle Jeff en se dirigeant vers la porte comme une furie.

Il est évident qu'il attend que Chase se mette hors de son chemin.

Il est tout aussi évident que Chase ne me quittera pas.

Les paroles de Jeff me pénètrent l'esprit. Souillée ? *Souillée ?* Pourquoi est-ce que tout le monde se soucie de mon hymen tout à coup ? Ce n'est pas comme si ma virginité avait été le sujet de prédilection des conversations depuis... Ça ne l'a jamais été, en fait.

Galt et Quebec gardent leurs distances, près de l'arbre qui est là, tout seul, au fond de notre cour devant la maison. Ils se contentent d'observer la scène. Je suis certaine que si je pouvais apercevoir intégralement leurs visages à la lumière, j'y verrais un sourire en coin.

— Ce que je fais avec Allie, ce ne sont pas tes oignons, lui répond Chase.

— Quoi ? hurle Jeff, son visage écarlate et ses yeux sortis de leurs orbites. Va te faire foutre, pauvre connard de merde. Les affaires d'Allie, ce sont mes affaires.

C'est alors que Jeff commet une erreur.

Une grosse erreur.

Il s'avance pour me saisir le bras.

Chase lui donne un gros coup de poing.

Jeff s'affaisse à terre tandis que Galt et Quebec relèvent rapidement leurs motos et s'approchent en courant. Jeff se relève, en essuyant le sang qui lui coule des lèvres.

— Juste comme ça, hein ? dit Jeff en me lançant un regard assassin. Tu l'as baisé ?

Je hurle :

— Non !

Jeff s'avance à la lumière les yeux plissés et me regarde vraiment pour la première fois depuis le début de la bagarre.

— Merde, qu'est-ce qui est arrivé à ton visage ?

Il fixe Chase et est prêt à lui foncer dedans.

— Tu n'as pas le droit de la blesser comme ça, espèce de malade.

Je suis sous le choc. C'est la réaction la plus... affectueuse, je dirais, que Jeff ait jamais eue envers moi.

— Il t'a salement amochée ? me demande Jeff.

Il est à trois centimètres de Chase et ils sont prêts à s'entretuer tous les deux. Quebec s'appuie contre la voiture de Jeff tandis que Galt s'avance vers lui.

— Il faut vous calmer, tous les deux. Ta fille...

— Belle-fille, disons-nous de concert, Chase et moi.

Galt lève les yeux au ciel en poussant un soupir, et enfonce ses pouces dans sa boucle de ceinture, laissant voir une arme et deux couteaux.

— Ta *belle-fille* est tombée de vélo sur la route. Chase lui a porté secours et s'est occupé d'elle. Tu vois les bandages ?

Chase lance à son père un regard méfiant. Pour quelle raison est-ce que Galt le couvre comme cela ?

Il vaut mieux que je ferme ma bouche toute fendillée.

Jeff inspecte les bandages en tissu blanc éparpillés partout sur mes bras et sur mes jambes. Il aperçoit les éraflures sur mon visage.

— C'est vrai ça ?

Je me contente d'acquiescer. Nous n'avons pas besoin d'entrer dans les détails quant à la manière dont il m'a soignée…

— Bon. Tu auras au moins fait quelque chose de bien, dit-il dans la direction approximative de Chase.

— Maintenant barrez-vous tous de chez moi, merde. Allie, va te coucher. Il faut que je me dépêche de rentrer au bar.

Mon regard croise celui de Chase.

Ça va aller, lui dis-je, muette, en me contentant de bouger les lèvres.

Je reviendrai, me répond-il de même.

Je sais qu'il tiendra parole, et je souris.

Au moment où les trois motos prennent la direction de la grand-route dans un vrombissement de moteurs, je suis couchée, une douleur pulsatile à la tête, j'ai avalé deux cachets et mon cœur est immense, rempli d'un amour gigantesque pour Chase Holloway.

Si seulement j'avais su à ce moment que l'amour ne pouvait pas déplacer des montagnes…

3

Jeff insiste pour que je vienne plus tôt au bar. J'ai dormi douze heures d'affilée la nuit dernière, d'un sommeil sans rêves. Mon visage a une allure affreuse et j'ai même une partie du crâne complètement scalpée au-dessus de l'oreille, à cause de ma chute.

Je ressemble vraiment à un zombie sorti tout droit d'un film ou un truc dans le genre.

C'est Jeff qui m'a conduite au bar. Il va m'avoir à l'œil pendant un moment, dit-il, ce qui est complètement débile. J'ai dix-huit ans. Ce que je fais de mon temps libre, ce sont mes oignons.

Pendant qu'il est parti s'entretenir avec un revendeur de glace en ville, j'examine ma liasse de billets. J'ai oublié d'y ajouter dix-sept dollars supplémentaires l'autre jour, mais quand j'ouvre d'un coup sec le distributeur de tampons, quelque chose semble anormal. Une énorme boule d'angoisse commence à se former dans mon ventre, froide et effrayante.

Il est totalement vide.

Le distributeur de tampons est vide.

Mon argent s'est évaporé.

J'avais caché 371 dollars là-dedans. Toutes mes économies. Des mois et des mois de consciencieuses économies pour aller à Los Angeles et pouvoir réaliser mes rêves.

Je suis sous le choc. Je secoue le distributeur – il est complètement vide. Je l'ouvre entièrement et en vérifie chaque recoin avec ma main. Il n'y a plus rien. Je vérifie trois, quatre, cinq puis dix fois, comme si mon argent allait refaire surface par magie.

Vide.

Je m'écroule contre le carrelage mural des toilettes et me laisse glisser par terre, en observant le distributeur vide d'un air incrédule. Mes cheveux se prennent dans un carreau de carrelage ébréché, et une de mes mèches se casse, laissant une touffe de cheveux noirs gésir au milieu du couloir. C'est comme si le bâtiment voulait garder un morceau de moi. C'est donc un signe plus qu'évident.

Je ne pourrai jamais partir, n'est-ce pas ?

Je ne vois pas où l'argent pourrait se trouver, hormis ici. Ce n'est pas comme si les tampons partaient tellement vite qu'il fallait en remettre dans le distributeur.

Quelqu'un a trouvé ma liasse et l'a prise.

J'avance en claudiquant dans le couloir et vais jusqu'au bar. Mes jambes ressemblent à des élastiques.

Envolé. Tout mon argent s'est envolé.

À cet instant, la porte d'entrée s'ouvre. C'est Jeff, qui passe à côté du bar et va dans le couloir. Ses bottes font un bruit différent sur le parquet de la salle de bar et le sol en carrelage à l'arrière du bâtiment.

Je me tiens là, folle de rage, et traverse le couloir du côté opposé. Il a rejoint son bureau avant que je ne puisse lui parler, et referme la porte.

Il la ferme à clé.

Jeff ne verrouille jamais la porte du bureau, sauf quand il compte de l'argent.

Où est-ce qu'il vient d'aller ?

Je toque à la porte. Avant même de lui laisser le temps de répondre, je me mets à taper du poing, fort, contre la porte. Toutes mes peurs, mes attitudes de petite fille sage, mon angoisse de provoquer sa colère sortent de moi jusqu'à ce que je me retrouve complètement vide.

Comme le distributeur de tampons.

— Qu'est-ce qu'il y a, merde ? hurle Jeff.

— Sors de là, hurlé-je à mon tour. TOUT DE SUITE !

Je ne lui crie jamais dessus. Jamais. Mais maintenant, je m'en fiche.

J'en ai fini de me faire du mouron.

— Tu as volé mon argent, dis-je lorsqu'il ouvre la porte.

Je m'agrippe aux chambranles de la porte et lui barre le chemin avec mon corps.

Ses yeux s'illuminent.

— Ah bon ? J'avais raison alors, c'était à toi, l'argent.

— Bien sûr que c'était à moi, pauvre con !

Il a un mouvement de recul en entendant mon insulte. Je ne lui ai jamais rien dit d'aussi grossier de toute ma vie. Je reprends :

— Je l'avais mis dans ma boîte à musique. Celle que maman m'a offert. Rends-le moi.

— Qu'est ce que tu avais prévu de faire avec cet argent, ma petite ?

— Me barrer d'ici, figure-toi, dis-je en contenant mon désir impulsif de lui cracher à la figure.

Ma vision change tout à coup, la fureur qui se déchaîne en moi fait remonter toutes mes émotions à la surface de ma peau, dans mes mains et dans mes orbites.

— Avec trois cent soixante et onze dollars en poche ? se met-il à jacqueter comme une chouette, son ton de voix ne faisant faire à mon sang qu'un tour supplémentaire.

Il reprend :

— Tu as vraiment une représentation naïve du monde, il est grand et malfaisant. Je suppose que tu crois pouvoir partir à Los Angeles pour vivre avec ta sœur, me nargue-t-il en se dirigeant vers le bar et en faisant presque comme si je n'étais pas là.

Oh, mais je suis bien là, il n'y a pas de problème.

Sur ses talons, je hurle :

— C'est mon argent, j'ai travaillé pour le gagner, j'ai trimé comme une esclave ici, tu ne m'as même pas payée et l'argent est à moi !

Je déteste avoir l'impression d'être une petite fille qui lui court après pour attirer son attention. Cette fois, cela dit, l'attention que je veux obtenir de lui est d'une nature toute différente.

Cette fois, il me répond vraiment.

Il se retourne et me regarde.

— C'est quoi ton problème, bordel de merde ? T'as tes règles ou quoi ? Tu ne me gueules pas dessus comme ça, jamais.

La porte s'ouvre juste au moment où Jeff s'approche de moi, sa main prête à me saisir l'épaule.

Ou peut-être la gorge.

C'est Chase.

Avec un fusil dans les mains.

Qu'il pointe en pleine tête de Jeff.

Ce que je m'apprêtais à hurler à Jeff me reste dans la gorge. Tout ce que je parviens à dire, c'est :

— Chase ?

Je n'arrive pas à en croire mes yeux. Est-ce vraiment Chase, de l'autre côté du bar ? Jeff le regarde fixement comme s'il voulait le tuer. Je pense que c'est vraiment son intention. Mon cœur vient cogner de toutes ses forces contre ma cage thoracique comme s'il voulait en sortir. Peut-être que je devrais le laisser partir. Il ne me ferait plus si mal après tout.

Le climat de tension entre Chase et Jeff pourrait bien me faire craquer. Je pourrais céder à cette pression, non pas que j'en aie quoi que ce soit à faire de Jeff, mais je voudrais surtout me jeter dans les bras de Chase.

Mais les bras de Chase sont plutôt pris, en ce moment. Il tient un pistolet de côté, pointé droit sur le visage de Jeff, pile entre les deux yeux. Une sensation de joie étrange m'envahit. Je ne sais pas comment la qualifier, mais si je le pouvais, je dirais que cette sensation s'approche de l'espoir. Désormais, l'espoir est la seule bonne chose qui puisse ressortir du déchaînement de violence qui bouillonne entre l'homme qui, je le crois, sera mon avenir, et celui qui me retient.

— Qu'est-ce que tu crois, gamin ?

Les paroles de Jeff résonnent dans le bar vide. L'odeur rance de tabac froid se mélange à la colère latente de cette scène. Tout cela me donne mal au ventre. Chase, toutefois, m'ignore complètement. Pourquoi est-ce qu'il fait comme si je n'étais pas là ?

Il me voit. Je le sais. C'est pour moi qu'il est venu ici et tout mon être brûle d'amour pour lui.

— Je suis venu libérer celle que tu retiens prisonnière depuis bien trop longtemps maintenant, mon vieux, répond Chase à mon beau-père.

Je suis parcourue d'un frisson. Je ne l'ai jamais vu comme ça et je me demande encore tout ce que j'ignore à propos de lui.

— Prisonnière ? Tu penses que je retiens qui prisonnière, putain ?

Tous deux détournent les yeux et posent leur regard sur moi. C'est moi la prisonnière. Jeff sait très bien que c'est pour venir me chercher que Chase est venu.

— Moi.

Ce mot résonne comme un coup de tonnerre. Son écho se fait entendre contre les murs que j'ai nettoyés, les sols sur lesquels j'ai passé la serpillère, le bar que j'ai astiqué des centaines de fois. Il fait ressortir tous les souvenirs de ma mère. Il est suspendu en l'air et vient se planter devant le nez de Jeff.

Comme le fusil.

Jeff aboie un rire de dégoût.

— Je sais ce que tu as prévu de faire d'elle, dit Chase d'un ton si froid que je deviens toute raide.

— Faire de moi ? demandé-je, confuse.

Je regarde Jeff qui rougit. De quoi est-ce qu'ils parlent ?

— T'en sais rien du tout, dit-il à Chase, en me lançant un regard nerveux. Maintenant dégage de là avant que j'appelle les flics. Je suppose que ton arme n'est pas répertoriée et que tu n'as pas de permis de port d'armes, non plus.

— Essaie un peu pour voir, mon vieux. Vas-y, appelle les flics. Je pourrais leur raconter plein de trucs te concernant.

Chase regarde Jeff avec un désir froid de meurtre dans les yeux, et je vois que Jeff le sent. Je comprends désormais la phrase « être assoiffé de sang ».

Je vois cette expression sur le visage de Chase.

— Qu'est-ce que tu veux ? lui demande Jeff. De l'argent ? De la bibine ?

— C'est elle que je veux.

— Non. Elle, je ne te la donnerai pas, dit Jeff en faisant lentement non de la tête comme pour appuyer son propos.

Je hurle :

— *Elle* est juste ici, vous deux ! *Elle* a un nom !

Je suis en colère contre eux deux maintenant, parce qu'ils parlent de moi comme si j'étais un trophée à remporter, pour lequel il fallait se battre. Comme si j'étais un os pour lequel deux chiens enragés se battaient à mort.

— Il a prévu de te vendre, Allie, me dit lentement Chase.

Il pèse ses mots et parle avec précaution. Il garde l'œil sur Jeff, le doigt toujours sur la gâchette. Il ne perd pas le nord. Il y a une pointe de tristesse dans ce qu'il dit, comme s'il préférerait ne pas avoir à me dire tout ça.

— Me vendre ? Comment ça, Chase ? Ce n'est pas possible.

Je le regarde fixement, complètement hébétée. Quand je fronce les sourcils, mes éraflures qui commencent à faire des croûtes me tiraillent. Je repousse mes cheveux derrière mes oreilles, et une mèche de cheveux s'accroche à la croûte. Je pousse un petit gémissement de douleur.

— On ne peut pas vendre une personne.

Jeff ricane.

— C'est ce que je te dis, il est cinglé, ce gamin.

Mais son regard est méfiant, aux aguets, inquiet. Il a peur. Peur... de moi ?

Il a probablement peur de la vérité qui se cache là-dessous. De se faire attraper, exposer au grand jour. Tout mon corps se ramollit à l'idée de penser que Jeff me cache quelque chose dont Chase est au courant.

— Allie, éloigne-toi de lui.

Les paroles de Chase sont suffisamment claires, il faut que je lui obéisse. J'obtempère et m'éloigne pour que Jeff ne puisse plus se saisir de moi.

Essayant de comprendre ce qu'il se passe, je le supplie :

— Chase, il y a vraiment un truc bizarre, là. Je n'y comprends rien.

Chase se contente de fixer Jeff.

— Disons que j'ai compris, en assemblant les pièces du puzzle, pourquoi Wakefield ici présent a tant tenu à te protéger. Il y a deux ans, il s'est mis dans un sacré pétrin. Un embarras mortel.

Mon cœur se glace. Il y a deux ans ? C'était à l'époque de la mort de maman.

— Il a passé un accord, reprend Chase.

Il prononce le mot « accord » comme s'il s'agissait de quelque chose d'écœurant.

— La ferme, gamin. Tu ne sais pas ce que tu dis, dit Jeff.

Il se tient à côté du bar et je le vois lentement bouger la main vers sa hanche. Qu'est-ce qu'il essaie de prendre ?

Mon petit ami et mon beau-père sont-ils réellement en train de s'affronter en duel à cause de moi, avec des armes en plus ?

Qu'est-ce que c'est que ce baratin que me sert Chase – moi, je serais destinée à être vendue ?

— C'est pour ça qu'il se souciait tant de ta virginité, Allie. Il faut que tu restes pure. Il doit t'échanger contre l'efface-ment d'une dette à six chiffres à un baron de la drogue mexicain.

La voix de Chase transpire la colère et la rancœur, pestant d'une violente indignation.

Je hurle en regardant Jeff :

— QUOI ?!

4

*I*l m'ignore.

J'en ai plus qu'assez des hommes qui m'ignorent.

— Le baron de la drogue en question est connu pour ça. Il achète des filles et il les revend pour en faire des esclaves sexuelles. Il se fait encore plus de thune sur leur dos en négociant leur prix, explique Chase d'une voix calme et froide. Mais d'abord, il se sert un peu, si tu vois ce que je veux dire.

Il se *sert* ? Mon estomac se tord rien que d'imaginer ce qu'il vient de décrire.

— T'as lu trop de bouquins policiers, Chase, rétorque Jeff. On dirait un super scénario de film. Pourquoi tu n'irais pas à Los Angeles avec Allie pour commencer à écrire des scénarios ? Ça te conviendrait bien, marmonne-t-il. Vous pourrez partir tous les deux là-bas à dos de licorne et vivre d'amour et d'eau fraîche. Vivre tranquilles sur la plage et chanter des chansons paillardes toute la nuit.

Il renâcle bizarrement comme si on était les deux zigotos les plus débiles qu'il ait jamais vus.

— Ce n'est pas un film, ni un mensonge, Allie, me supplie

Chase. Je jure devant Dieu que je dis la vérité. Il faut que tu viennes avec moi. Wakefield, ici présent, est plus dangereux que tu ne pourrais jamais te l'imaginer.

Bien sûr que je partirai avec lui, mais d'abord… d'abord je dois savoir si tout ce qu'il dit est vrai. Est-ce que j'ai vraiment passé ma vie auprès d'une figure paternelle qui a passé les deux dernières années à élaborer un plan pour vendre ma virginité à un baron de la drogue mexicain ?

En le regardant droit dans les yeux, je lui demande :

— Jeff ? Tu avais vraiment prévu de me vendre ? Est-ce que c'est pour ça que tu ne me rémunères jamais mes heures de travail ici, pour ça aussi que je ne peux quasiment jamais prendre la voiture et que tu as volé toutes les économies que j'avais faites pour m'enfuir ?

Chase émet un bruit de dégoût.

— Bon sang. Pauvre connard.

Jeff fait comme si Chase n'était pas là. Il faut être relativement mort de l'intérieur pour ne rien ressentir à la vue d'un fusil à double-canon pointé droit sur son visage.

Je vois sa main bouger, à la recherche de quelque chose en-dessous du bar.

Je fonce sur lui.

Chase se met à courir vers nous juste à l'instant où je frappe Jeff de toutes mes forces. Il se cogne contre le comptoir et son coude heurte un plateau de verres que j'avais posé là pour les faire sécher. Le plateau glisse du bar et rebondit, les verres s'entrechoquent un à un et se brisent à terre en mille morceaux.

Jeff tombe dessus.

Les morceaux de verre lui entaillent la peau et je me demande si son sang va se déverser sur le sol. Je ne peux pas supporter de le regarder et je me surprends à crier. Mon cri occulte le monde autour de moi. Soudain, la pièce est sens dessus-dessous. Jeff se relève et essaie de rejoindre en courant l'arrière du bar en courant. Il laisse une trace de sang dans son sillage tandis qu'il s'engouffre dans le couloir en boitant.

Chase le poursuit avec son arme. Je reste debout au bar et hurle. Je ne crie pas seulement parce que je viens de percuter Jeff, ni à cause du sang.

Tous les cris que j'ai retenus ces deux dernières années se sont accumulés en moi, et il est maintenant temps de tout laisser ressortir.

Il semble que je n'aie aucun moyen de me retrouver en sécurité. Je ne peux pas aider Chase, là tout de suite. C'est lui qui a l'arme. Mais Jeff a lui aussi une arme dans la réserve. S'il parvient à s'en emparer, tout mon petit monde pourrait s'écrouler en une seconde.

— Lève tes sales pattes en l'air, hurle Chase à Jeff.

Je cesse de crier. Je vois Jeff sortir lentement du couloir, le fusil de Chase à quelques centimètres de l'arrière de son crâne. Les yeux de Jeff n'ont plus d'expression.

Et il me regarde droit dans les yeux.

— Sors par la porte avant, Allie, m'ordonne Chase.

Je suis ses ordres au pied de la lettre. Je n'ai aucune idée de comment ça va se terminer. J'ai la gorge sèche à force d'avoir crié et ma tête pulse en tous sens, car j'ai reçu trop d'informations à la fois, le choc et la peur ont été trop intenses. Une image me parvient soudainement à l'esprit, celle d'un vieux croûton qui me plaque au sol et me viole, et l'impact est si fort que c'est comme si on m'avait balancé un gros caillou au visage, juste entre les deux yeux.

Le moment que nous avons passé avec Chase dans sa cabane était tellement exquis. Tellement excitant. Et je me suis déshabillée volontairement. C'était mon choix d'expérimenter avec Chase une multitude de premières fois. Je me suis montrée sensuelle et aimante de mon propre chef.

Ma propre décision.

Je me suis donnée toute entière.

Et c'est ça que Jeff veut vendre.

— Allie, reviens ici tout de suite, me lance Jeff d'un air méchant.

Je suis prête à lui répondre de la même façon, et je peux même faire bien pire que ça.

— Pour quoi faire, mon vieux ? Pour que tu puisses la vendre ? beugle Chase.

Il me regarde d'un air enragé et suppliant à la fois.

— Tu me crois, hein, Allie ? me demande Chase. Quebec ne me mentirait pas là-dessus. Il faut dire que toute cette histoire l'a, disons, intéressé… reprend Chase d'un air dégoûté.

— C'est vous, toi et tes potes bikers qui traitez les femmes comme de la chair à saucisse, rétorque Jeff.

Il finit par me regarder.

— Tu vois ce que je te dis, Allie ? Ce type ne t'aime pas, c'est ce qu'il essaie de te faire croire ? ajoute Jeff en levant les yeux au ciel. C'est tellement cliché, bordel de Dieu.

Chase me regarde à son tour. Il tient l'arme immobile, le canon toujours pointé sur Jeff. Tout ça va mal finir.

Mais de toute façon, dans ma vie tout est voué à mal finir.

Quitter cette ville avec Chase serait le seul moyen pour moi d'espérer avoir un avenir. Qu'est-ce que j'ai comme autre choix ? Rester là pour être refourguée à un baron de la drogue mexicain qui va me détruire et me revendre pour me garder prisonnière et me faire violer pour le restant de mes jours ?

Tu parles d'une alternative.

— N'essaie même pas de nous poursuivre, crié-je à Jeff, dont les yeux s'agrandissent sous le choc. Tu as fait de moi un pantin pendant assez longtemps. Je sais tout.

J'insiste pour appuyer mon propos :

— *Tout*. Je sais que tu revends de la drogue, je sais que tu fais concurrence à Atlas, je sais que c'est certainement toi qui as tué maman…

— Je n'ai pas tué ta mère, insiste Jeff.

Il ne fait pas de commentaires sur tous les autres points que j'ai mentionnés. Il se sent coupable. Ça ne me surprend pas mais je me sens comme déchirée. Je me sens toute bizarre à cet instant. Lui parler d'égal à égal est vraiment un étrange sentiment.

Lui faire des remontrances par rapport à ses mensonges me fait un bien fou, mais il va falloir que je m'habitue à ce ressenti. Je suis folle de rage, en outre, que mon argent ait disparu. Je n'ai aucune idée des futures épreuves que me réserve la vie.

Chase sourit, d'un grand sourire heureux qui lui fend le visage. Il penche sa tête en direction de la porte d'entrée. Je me dirige vers lui et il m'enlace, son arme toujours pointée droit sur Jeff.

— Allie, ne pense même pas à fuir. Tu n'en as pas le droit. Regarde tout ce que j'ai fait pour toi.

Les paroles de Jeff restent suspendues dans le bar, comme des petits grains de poussière qui virevoltent dans les airs, traversés par un rayon de soleil. Ce n'est que lorsque l'on regarde les choses en face qu'on voit vraiment à quel point tout peut être lamentable.

— Tu veux ton argent ? Je vais te le donner.

Il fouille dans sa poche arrière et Chase arme le fusil.

— N'y pense même pas, dit Chase.

— J'essaie de lui rendre son putain d'argent ! Je l'ai trouvé et je voulais le mettre en sécurité pour elle, marmonne Jeff.

Même lui n'arrive pas à garder son mensonge crédible.

— Jette-le sur le comptoir alors, lui lance Chase.

Jeff obéit, mais il le lance sur un tas de verre cassé.

— Gros con, marmonne Chase.

Je n'en ai pas grand-chose à faire, et m'avance précautionneusement entre les morceaux de verre pour récupérer mes billets. Quelques billets de un dollar s'envolent pour se poser sur d'encore plus petits morceaux. Je laisse tomber. Les plus gros billets sont juste là.

Je me retourne et regarde l'homme qui m'a fait me sentir si minuscule, si insignifiante et indigne ces deux dernières années.

— Va pourrir en enfer, Jeff, dis-je en pesant soigneusement chacun de mes mots. Je n'ai pas choisi que tu sois mon beau-père, et je ne veux certainement pas de toi comme tuteur.

— Pourquoi tu dis que je suis ton tuteur ? me demande Jeff.

Son regard semble exprimer une douleur sincère. Peut-être l'ai-je mal jugé. Ces deux dernières années, il a passé son temps à me dire à quel point je représentais une charge pour lui. Il m'a offert son toit, m'a sustentée, m'a aidée à terminer le lycée et m'a même offert mon premier emploi.

Dans le même temps, il a aussi contrôlé mes moindres mouvements, m'a dit et redit des dizaines de fois la gratitude que je me devais d'éprouver envers lui pour son action soi-disant « charitable », et il a volé le peu d'argent que j'avais.

Et maintenant Chase débarque avec son histoire de dingue comme quoi Jeff a prévu de me vendre et faire de moi une sorte d'esclave sexuelle parce que je suis vierge ? C'est trop dingue pour que je puisse y croire.

— Allie, me dit Chase avec une pointe d'avertissement dans la voix. Ce n'est pas tout. Je préfèrerais ne pas avoir à te le dire, mais je sais à qui il a prévu de te vendre. El Brujo. Le sorcier.

Chaque centimètre carré de ma peau, mes organes et mes os se ramollissent et deviennent de pierre tout à la fois.

— El Brujo ? Jeff, tu avais sérieusement prévu de me refourguer à El Brujo ?

El Brujo, c'est le plus gros et le plus dangereux baron de la drogue de la Californie et du Mexique. Et même peut-être du monde, d'autant que je sache. Des journalistes se sont aventurés à écrire de longs articles sur lui dans des magazines de renom et ont été retrouvés morts.

Les informations à la télé relatent sans arrêt de nouveaux faits sur lui et ses actes terroristes. C'est un baron de la drogue d'envergure majeure, prêt à tuer quiconque se met en travers de son chemin avant même qu'il n'ait eu le temps de dire ouf. Il est réputé pour avoir tué des femmes pendant qu'il les violait, tout ça devant leurs amies qu'il avait kidnappées. Un petit avant-goût, seulement, de ce qui m'attend.

Je me mets à trembler. Dans un gémissement suppliant, je lui demande :

— Pourquoi moi ?

Jeff ouvre la bouche et la referme une paire de fois, en jetant des regards assassins à Chase.

— Ce n'est pas vrai, finit-il par dire, mais il détourne le regard sur ces paroles.

Mon estomac me brûle, et je ressens des picotements. Je refuse de croire Chase. Je ne pense pas qu'il mente, bien sûr. Mais c'est trop horrible pour que je puisse y croire. Vous voyez, on ne pense jamais que l'on peut se retrouver vendue à un réseau d'esclavagisme sexuel pour le compte d'un baron de la drogue.

Je ris à cette pensée. Un bruit dépité me sort de la bouche, et Jeff me regarde sévèrement. Il essaie de voir s'il m'a convaincue. Ses yeux ne recherchent que ça, je le sais.

Pour lui, je ne suis qu'un outil. Quelque chose qu'on utilise pour réparer une connerie. Quelle que soit la nature de l'embarras dans lequel il s'est mis, il n'attend que de se servir de moi comme monnaie d'échange.

Une question que m'a posée Galt hier soir me permet d'assembler une autre pièce du puzzle.

— J'ai eu dix-huit ans il y a quelques semaines, dis-je, m'éloignant de Chase pour aller vers Jeff.

À cet instant, Heather entre par la porte arrière, prête à prendre son service. C'est une femme d'âge mûr, elle a à peu près l'âge de Jeff, des cheveux couleur argile et met beaucoup trop d'eye-liner. C'est une grosse fumeuse à la taille de guêpe, et c'est avec elle que Jeff couche.

Elle a la tête baissée et est en train d'attacher son tablier.

— Hé, Jeff, je crois que tu es à court de cacahuètes et il faut qu'on en recommande chez…

Elle a rapidement le souffle coupé lorsqu'elle relève la tête et aperçoit Chase, son fusil pointé en pleine tête de Jeff.

Elle se contente ensuite de pousser un cri d'effroi.

— Ne bouge pas, Heather, dit Jeff d'une voix froide.

Il n'en a probablement rien à faire de ce qui pourrait lui arriver, mais il y a une pointe d'inquiétude dans sa voix. Du moins, il semble plus inquiet pour elle qu'il ne l'a jamais été pour moi, ça c'est sûr.

— J'aimerais tellement que tu sois mort, dis-je sèchement à Jeff.

La douleur immense provoquée par tout ce que m'a dit Chase me frappe brusquement, de plein fouet.

— Tu n'as rien fait d'autre que le mal autour de toi, ajouté-je alors que je sens un léger goût métallique dans ma bouche tout à coup.

La pièce se met à tourner un peu et Chase me rattrape. Il sent que j'ai la tête qui tourne.

Il me soutient.

— Je n'ai rien fait d'autre que de t'aider, gamine, me dit Jeff d'un air sombre.

Il dirige son regard vers Heather. Elle lève un sourcil très haut et s'appuie contre le chambranle de la porte. Si elle prend le parti de Jeff, tout pourrait prendre des proportions incongrues. Il faut que je sorte de là, je n'arrive plus à respirer.

— Fais ce que tu as à faire, chérie, me dit Heather, contre toute attente.

Ses propos choquent manifestement Jeff, qui la regarde la bouche bée.

Elle a les yeux couleur tabac, la peau autour de ses yeux est ridée et blanchâtre, comme si elle avait des problèmes de maquillage. Mais je vois la détermination dans son regard.

— Quand tu as trouvé le grand amour, ajoute t-elle, tu n'as plus qu'à t'enfuir avec lui.

— Oh, putain, marmonne Jeff, en poussant un long soupir, comme s'il n'arrivait pas à comprendre les âneries qu'elle déblatère.

Il a les cheveux décoiffés maintenant, ses épaisses mèches brunes se dressent toutes droites au-dessus de ses oreilles, comme des antennes repliées. Comment cela a t-il pu m'échapper que ce n'est qu'un homme ? Un homme ordinaire. Il n'a aucun pouvoir sur moi, et Heather a raison.

Il est temps de m'enfuir pour suivre le grand amour.

J'ai toujours apprécié Heather. Elle est plutôt du genre suiveuse, mais c'est une bonne personne.

— Pars avec Chase, chérie, me dit-elle en souriant et en faisant un signe de la main à Jeff comme si elle le chassait. Vis ta vie.

Je la regarde, puis Jeff, puis Chase.

— On y va, dis-je, et en une seconde nous sortons par la porte d'entrée et enfourchons la moto de Chase.

Je fourre ce qu'il me reste de mes 371 dollars dans la poche arrière de mon jean. Tout ce que je veux, c'est partir le plus loin possible d'ici, et au plus vite.

Chase démarre sa moto dans un grondement de moteur. J'enfile mon casque et la moto fait un grand bond en avant.

Nous nous retrouvons sur la route avant même que je n'aie pu attacher mon casque correctement.

— Où est-ce qu'on va ? crié-je par-dessus le bruit du moteur qui accélère.

Vous voyez ces scènes dans les films où l'on entend une énorme déflagration tandis qu'un nuage de fumée aveugle les héros lorsqu'ils se tirent à toute vitesse ? C'est mon ressenti en ce moment. J'ai l'impression que si Chase et moi ne partons pas tout de suite d'ici à cet instant même, nous allons être brûlés vifs.

— Je sais exactement où aller, me répond-il.

Je ne lui pose plus de questions. Je me contente de poser ma joue contre son dos, l'enlace fermement et me laisse aller.

C'est si agréable.

En l'espace d'un instant, une sensation de peur s'empare de moi. Elle commence à l'arrière de ma nuque, et je crois d'abord que c'est le vent. Ou peut-être une bestiole ? Je passe la main sur ma nuque mais n'y sens rien.

Le sentiment s'intensifie.

Je me retourne et aperçois la voiture rouge de Jeff derrière nous qui gagne du terrain.

Je donne un coup de coude à Chase et lui crie à l'oreille :

— Jeff nous suit.

— C'était à prévoir. Accroche-toi bien.

Il fait accélérer la moto et nous faisons un bond en avant. Il ne plaisantait pas. Je serre mes bras fort autour de sa taille. J'ai vraiment peur de tomber.

Ça ferait mal de tomber. Je n'ai pas besoin d'être traînée sur la route en plus de mes blessures. Cette simple pensée me terrifie.

Chase tourne brusquement à gauche tandis que nous passons devant plusieurs petits garages de réparation et d'entretien en banlieue de la ville, avant de s'engager sur un chemin de terre. Il fait demi-tour et se cache dans une petite impasse, si étroite qu'une voiture ne pourrait s'y engager. Nous regardons Jeff nous passer devant à toute vitesse, et tourner brusquement à gauche lui aussi, en suivant la traînée noire qu'a laissée Chase avec sa moto.

— Tiens-toi bien encore. On se croirait dans un épisode de Bip-Bip et Vil Coyote, dit-il. Bip-Bip !

Je me mets à rire et le serre fort contre moi. La moto démarre à toute blinde et nous repartons vers la ville. Chase passe par un dédale de petites rues jusqu'à rejoindre à nouveau des chemins de terre. Au bout de dix minutes, il est clair que la voie est libre.

Jeff ne nous suit plus.

Nous sommes libres.

Lorsque j'aperçois le premier panneau qui indique la direction de Los Angeles, je laisse échapper un cri de victoire.

Chase se joint à moi.

5

*D*eux heures plus tard, j'ai soif, je suis couverte de poussière et j'ai tellement envie de faire pipi que je ne sais pas si j'arriverai à faire passer ma jambe toute endolorie par-dessus la moto pour clopiner jusqu'aux toilettes de la station-service, alors je crois que j'arriverai encore moins m'accroupir. Par miracle, j'arrive à me traîner jusque là pour faire ma petite affaire. Mon cerveau est épuisé, mais mon cœur, lui, est tout excité.

Plus qu'excité.

Je me regarde dans un miroir sale au-dessus d'un lavabo en porcelaine ébréché dans les toilettes. J'ai pour seule lumière une ampoule nue qui grésille au plafond dans cette pièce crasseuse. Waouh. Mes longs cheveux noirs accentuent l'apparence pitoyable de mes blessures, et maintenant qu'ils sont tout emmêlés à cause du casque et du vent qui s'est acharné à souffler sur nous pendant des heures, on dirait que je viens de passer au mixeur.

Et puis il y a les blessures, dont la palette de couleurs s'étend du marron croûteux à ma couleur de peau naturelle, en passant par une sombre teinte violacée. Mes éraflures deviennent zébrées à mesure que la peau pèle et prennent une sale teinte, moitié marron, moitié rougeâtre, un peu comme du dégueuli de chien séché.

Chase est vraiment gentil de bien vouloir rouler en moto avec moi, vu la tête que j'ai. Je souris, mais mes lèvres me font horriblement mal. J'abandonne ma tentative, me lave les mains et ressors vite dehors.

Nous nous dirigeons droit vers Los Angeles. Vers l'océan. Il nous reste un peu plus de 300 kilomètres à parcourir, et à la vitesse où nous allons, nous pourrons arriver chez Marissa avant la nuit. Je l'appelle pendant que Chase est parti vite fait nous chercher un en-cas.

Lorsqu'elle décroche, je hurle :

— Marissa ! Je viens te voir !

— Quoi ? Qui c'est ? Liam, je t'ai déjà dit cent fois que je n'étais pas une chienne que tu pouvais appeler quand tu bandes !

Je faillis laisser tomber le téléphone et le regarde comme si j'avais un serpent entre les mains.

— Allô ? Allô ? dit Marissa.

— Si tu prends ta propre sœur pour un plan cul qui s'appelle Liam, ça fait de toi quelqu'un de pire qu'un type qui t'appelle pour tirer vite fait son coup, Marissa, dis-je dans le combiné en rigolant.

Juste à ce moment, Chase sort de la boutique de la station essence avec ma boisson préférée dans les mains et quelques barres protéinées. Il pointe le bar du doigt et me dit silencieusement :

Tout va bien ?

Je lève le pouce en l'air et lui réponds de la même manière :

Pas de souci.

— ALLLLLLIIIIEEE ! crie Marissa à l'autre bout du fil.

Elle crie tellement fort que même Chase a un mouvement de recul et met sa main devant son oreille.

— Je ne savais pas que la voix humaine avait la capacité de monter aussi haut dans les aigus, me murmure-t-il. Par pitié, ne me dis pas que c'est de famille.

Il me lance un regard on ne peut plus sérieux, ce qui me fait éclater de rire.

— J'entends un type qui te parle, c'est Jeff ? me dit-elle d'un ton effrayé.

Chase prend immédiatement le téléphone et fronce les sourcils en faisant un signe de tête désapprobateur.

— Tu n'as plus à avoir peur de Jeff, dit Chase à l'autre bout de la ligne.

Il décapsule ma boisson et me la tend, en me faisant signe d'en prendre une gorgée. Je fais ce qu'il me dit, heureuse qu'il prenne soin de moi.

Je lui prends toutefois le téléphone des mains.

— Non, c'est Chase, dis-je à Marissa. Il m'emmène vers l'océan, vers Los Angeles, pour te voir.

— Tu vas emménager chez moi ? Maintenant ?

Elle semble si incrédule que je ne peux m'empêcher de rire. Je lui réponds :

— Non, non, je ne crois pas.

En réalité, je n'en ai aucune idée. J'ai laissé toutes mes affaires à la maison, et il faut que je retourne récupérer la boîte à bijoux que Jeff a dérobée dans le distributeur de tampons, mes vêtements, mes affaires, mes…

Oh, vraiment je n'en sais rien. Je n'ai pas vraiment réfléchi à tout ça, et je me rends compte grâce à la question de Marissa que tout ça est complètement dingue. M'enfuir de chez moi me paraissait logique il y a encore quelques heures, mais maintenant je commence à en payer les conséquences.

— Alors pourquoi tu viens ? me demande-t-elle.

Je souris à Chase, qui par respect pour moi se tient un peu à l'écart afin que nous puissions parler en privé. Il s'est adossé à une rampe près d'un climatiseur et savoure le vent qui lui souffle sur le visage. Mon Dieu, il est magnifique, parfait. Bronzé et musclé, fort et doux, dur comme la pierre tout comme il se montre protecteur.

Je ne pourrais pas rêver d'un homme plus parfait. Et en plus il m'apprécie, lui aussi. Avec un peu de chance, peut-être même qu'il m'aime. En dépit de mes éraflures et de tout le reste.

— Parce que Chase a proposé de m'emmener jusqu'à l'océan, lui dis-je.

Ce n'est pas vraiment un mensonge après tout. Je ne veux pas lui raconter toutes les saloperies que j'ai apprises sur le compte de Jeff au téléphone. Ça me semble trop brutal. En plus, avec Marissa je suis capable de perdre toute contenance et de me mettre à pleurer comme une madeleine en m'empiffrant de crème glacée et en buvant du vin.

Au téléphone ? Non. Je ne peux pas craquer ici, dans le désert en face d'une station service miteuse.

— Tu vas rester combien de temps ? Jeff est au courant ?

Je réponds en riant :

— Oh, un jour ou deux ? Je ne sais pas. On n'avait pas trop prévu cette petite excursion, mais je veux juste tremper mes pieds dans l'eau, regarder le coucher du soleil et ensuite seulement je me comporterai comme une adulte qui a les pieds sur terre, lui expliqué-je.

Je perçois son sourire à l'autre bout du fil.

— Ok. Ça a l'air sympa tout ça. Tu as mon adresse, non ?

— Oui, je l'ai.

— Au fait, Allie ? me dit Marissa d'un ton plein de sous-entendus. L'un de mes colocs est parti pour un voyage d'affaires. Arlen. Je suis sûre que ça ne le dérangera pas que Chase et toi dormiez dans sa chambre. Il revient demain.

Il fait plus de trente degrés et le soleil est brûlant, mais j'ai tout de même des frissons.

Je suis sûre que ça ne le dérangera pas que Chase et toi dormiez dans sa chambre.

Les paroles de Marissa résonnent dans mon esprit un millier de fois en l'espace d'une seconde.

— Ça va ? me demande Chase en fronçant les sourcils.

Il termine sa barre protéinée et se débarrasse de l'emballage.

Je ne peux qu'acquiescer.

— Allie ? me demande Marissa. Ça ira comme ça ? Ça ne va pas déranger Chase de venir ici et de rester quelque temps, non ? Sauf s'il a autre chose de prévu…

— Non, non, je ne crois pas. Attends une seconde, dis-je en couvrant le haut-parleur avec ma main.

Chase vient vers moi et pose ses mains sur mes épaules.

Sa légère odeur est un mélange de sel et de sueur auquel vient s'ajouter des notes de savon, agrémentées d'une légère touche épicée. Elle me donne déjà envie d'être en Californie.

— Marissa nous propose de nous héberger chez elle. L'un de ses colocs n'est pas là et elle a une chambre de libre.

Son visage se fend tout à coup d'un sourire de prédateur, sa main descendant de mon épaule à l'arrière de ma cage thoracique pour venir se poser doucement sur ma hanche.

— Vraiment ? dit-il d'une voix grave et sexy.

Je ne peux m'empêcher de rire.

— Oui, vraiment. Mais je lui ai dit que nous préférerions largement que je dorme dans sa chambre avec elle, et qu'elle te laisse la chambre libre pour toi tout seul.

Il fait semblant d'être triste.

— Chase tout triste, dit-il en se mettant à bouder.

Il pointe son visage du doigt et reprend :

— Ça, c'est ma tête de Chase tout triste.

Je n'arrête pas de glousser. Je n'arrive pas à croire que je suis si heureuse. Pendant dix-huit ans, j'ai vécu en ignorant qu'il existait au monde ce genre de bonheur. Il s'avère que si, pendant tout ce temps, il existait bel et bien.

Il fallait seulement que je trouve le courage de le chercher.

— Alors, Allie ? me demande Marissa, tandis que je suis là, à réfléchir. Il faut que j'aille à la banque avant la fermeture. J'ai eu ma paye aujourd'hui et je dois aller déposer mon chèque de paiement. Vous êtes à quelle distance ?

Chase l'entend, alors il se contente de dire haut et fort :

— On en a encore pour à peu près deux heures de route, voire trois si ça roule mal.

— Salut Chase, enchantée de te rencontrer, si je puis dire.

Elle insiste bien, en appuyant le mot « rencontrer ».

— Je suppose que tu connais bien Los Angeles si tu sais comment est la circulation.

— Enchanté de te rencontrer également, mademoiselle la sœur d'Allie.

Je lui donne un coup de coude. Il sait comment elle s'appelle. Je lui ai déjà dit son nom des dizaines de fois. Il sourit et reprend :

— Je veux dire Marissa. Oui, je suis déjà allé à Los Angeles une paire de fois. Il faut que je fasse voir l'océan à Allie. Je suis ravi de lui permettre de réaliser son rêve, tu vois.

— Oh, répond Marissa d'un air ému, c'est tellement gentil de ta part. Je suis impatiente de rencontrer le mec qui comble à ce point ma sœur de bonheur.

— J'ai hâte de te rencontrer aussi, dans quelques heures, Marissa, lui répond-il en me lançant un regard idiot.

Quelques heures. Dans quelques heures je pourrai voir l'océan. Embrasser Chase au coucher du soleil sur la plage. Bavarder avec ma sœur.

Ignorer qu'un baron de la drogue mexicain attend que mon

beau-père me livre à lui pour faire de moi son jouet sexuel et me prendre ma virginité comme bon lui semblera.

Waouh. Cette pensée est littéralement sortie de nulle part. Je veux dire, pas exactement de nulle part, puisque c'est un fait avéré. Mais la vérité doit-elle vraiment sembler si… réelle ?

— Allie ? Allie ? T'es là ?

La voix de Marissa semble lointaine, comme si sa question sortait d'un long tube métallique. Chase serre doucement ma main dans la sienne et il me remet le téléphone à l'oreille.

Je marmonne :

— Oui. Je suis juste un peu fatiguée, tu sais.

Elle se met à rire.

— Tu n'arrives quand même pas à dormir à l'arrière d'une moto, si ?

Je me ressaisis d'un coup. Toute cette fatigue me vient de ce sentiment de trop-plein. Je le sais bien. Là, dehors, je n'ai pas l'impression que le monde s'écroule autour de moi. Sur la route, j'ai Chase pour me tenir compagnie.

Je lui réponds :

— Non, c'est vrai. Il me faut juste un peu de café pour revenir à mon état normal.

Dès que le mot « café » s'échappe de mes lèvres, Chase me lâche la main pour aller m'en chercher un à la station essence. Une voiture avance dans un grondement de moteur. Il y a plus de rouille que de peinture dessus, et elle s'arrête devant une pompe à essence. Lorsque le conducteur éteint le moteur, celui-ci se met à trembler et à pétarader, comme s'il n'était pas tout à fait prêt à s'arrêter.

Je regarde mon bras. J'ai une grosse plaie noirâtre dessus.

Je me sens aussi endommagée que cette voiture.

— Fais attention à toi, ajoute-t-elle, puis nous raccrochons.

Je mange ma barre protéinée et finis ma boisson, avant de jeter les emballages dans une poubelle en métal. Le soleil est descendu dans le ciel et je suis aussi épuisée qu'impatiente. Je bouillonne d'énergie à l'intérieur de moi, et suis prête à tailler la route. Il me faut du mouvement, de la vitesse.

— Voilà, dit Chase, en s'avançant vers moi avec un gobelet de café en carton.

Je m'étonne :

— C'est quoi, ça ?

Chase me sourit.

— Je suis allé te chercher un café. Je ne savais pas comment tu le voulais, alors...

Il se baisse, pose son gobelet par terre, se relève et fouille dans sa poche avant. Tout un tas de dosettes de lait et de sachets de sucre lui tombe des mains pour atterrir sur le siège de sa moto.

— Et j'ai tout un tas de cochonneries bien chimiques, aussi, si tu aimes ça, ajoute-t-il en jetant sur le siège un sachet d'édulcorants.

Vu comme il plisse le nez en faisant ce geste, je me doute qu'il n'aime pas trop ça.

— J'aime bien le café crème, tout simplement, lui dis-je doucement en prenant les petites coupelles en plastique. Surtout avec plein de crème.

Il prend son gobelet à lui et en retire le couvercle, laissant apparaître un café couleur beige.

— Moi aussi ! Qu'est-ce que tu dis de ça ? Sans sucre ni cochonneries chimiques. Ces trucs te tuent à petit feu et te pourrissent les entrailles.

C'est le destin, non ? Je me mets à rire.

— On est fait pour être ensemble.

Je sifflote joyeusement en mettant cinq dosettes de lait dans mon café avant d'en prendre une gorgée.

Tandis que j'approche à nouveau le bord du gobelet de ma bouche, nos regards se croisent.

— C'est drôle, dit Chase en s'avançant vers moi avec détermination, je pensais exactement la même chose.

Le bruit des sirènes de police déchire le silence. Je sursaute, surprise par ce bruit soudain, tandis que deux véhicules de police nous passent devant à toute vitesse. Le vent qu'elles dégagent à cause de la vitesse fait s'emmêler mes cheveux autour de mon cou.

Ma main qui tient le gobelet de café commence à trembler. Je ne vois plus rien d'autre que les tâches de lumière rouge et bleue des phares.

Alors que le bruit des sirènes s'atténue, Chase observe les deux voitures jusqu'à ce qu'elles disparaissent à l'horizon.

Il se retourne vers moi et fait un mouvement de tête vers mon gobelet.

— Prends-en encore un peu. Tu peux l'embarquer sur la moto si tu veux.

Les mains encore tremblantes, j'en prends une grosse gorgée. Il commence à refroidir maintenant.

— C'est possible, ça ? Mais comment je vais me tenir ?

Il se met à rire.

— J'en sais rien. Les vieilles tenancières de bars ont bien réussi à trouver le moyen de boire un café à moto. Toi aussi, tu vas pouvoir te débrouiller.

Une sensation de chaleur me traverse le corps, éclatante et vive. Ce n'est pas à cause du café encore chaud. Les paroles de Chase me laissent entrevoir un avenir à deux.

Me sentant à la fois euphorique et un peu étourdie, je murmure :

— Merci.

Je fouille dans ma poche pour trouver de quoi lui rembourser les en-cas et le café.

Il regarde les billets que je lui tends comme si c'était de la merde de chien.

— Putain, tu plaisantes, Allie. Je n'ai pas besoin de ton argent, garde-le pour Los Angeles, tu en auras besoin pour vivre.

— Je ne …

— Je me fais plein d'argent à moi tout seul.

Il s'appuie de nouveau contre la rambarde de sécurité du parking et sirote son café. Il a retiré sa veste et des tâches de sueur ornent son t-shirt blanc usagé au niveau de son torse. Le grand tatouage de roue de moto avec des ailes transparaît à travers le tissu.

Je fronce les sourcils. J'ai mal, c'est comme si ma peau allait se déchirer.

— Comment ?

À voir l'expression sur son visage, je sens que je m'aventure certainement sur un terrain miné, mais il est membre d'une bande de bikers, après tout, non ? Je m'imagine bien qu'il ne gagne pas sa vie en faisant du porte-à-porte en uniforme de scout pour vendre des cookies.

— En revendant de la drogue à des gamins de quatre ans, dit-il sans me regarder.

— Oh, dis-je d'une petite voix.

Il émet un bruit de dégoût du fond de la gorge et pousse un grand soupir.

— Allie, je ne vends pas de drogue à des gosses qui regardent *5, rue Sésame.* Je ne vends pas de drogue du tout, point barre. C'est David qui m'aide à me faire de l'argent.

Il replie les billets que je lui ai donnés, à moitié pliés, et me remet tout l'argent dans la paume de ma main.

— David ? je n'y comprends plus rien, comment est-ce que David peut t'aider à gagner de l'argent ?

Je sais bien que David ne revendrait jamais de drogues, même si sa vie en dépendait. Sa grande sœur est devenue extrêmement accro à la méthamphétamine, et il est terrifié de voir ce qu'elle est devenue. Leurs parents sont complètement désemparés. Son père est receveur des poste dans notre ville et sa mère est aide-soignante à la maison de retraite du coin. Nos mamans respectives travaillaient ensemble lorsque la mienne était en vie, et la drogue n'a jamais eu de place dans leur vie.

Du moins jusqu'à maintenant.

Leslie est devenue un pilier de comptoir dans une ville à quelques dizaines de kilomètres de la nôtre, elle vit dans la caravane d'un musicien, et il paraît qu'elle se prostitue pour de la drogue. David ne veut pas d'une vie comme celle-là. Ses parents ont essayé par tous les moyens de la sauver, mais tout ce qu'ils lui donnent, elle le revend pour avoir de quoi se payer sa came. La dépendance à la méthamphétamine est si forte, et savoir que Jeff en revend me donne envie de vomir. Il n'est donc absolument pas possible que David revende de la meth.

— Tu te rappelles qu'on t'a raconté que David publiait mes vidéos sur YouTube grâce à un compte monétisé ? me dit Chase, en buvant encore un peu de café, et il se calme.

Je sens que quelque chose l'a blessé, mais je suis trop confuse, trop fatiguée ou trop à l'ouest pour comprendre ce qui se passe.

— Oui ?

— David et moi avons réussi à en tirer assez d'argent, de telle façon que je n'ai plus besoin de revendre de la drogue, et que je m'épargne une grosse partie de la merde que mon père veut que je fasse pour Atlas.

Mon esprit se fixe sur cette *grosse partie*. Une grosse partie. Il y a donc certaines choses auxquelles il ne peut toutefois pas échapper.

Ce qui me fait me poser de nombreuses questions lorsque j'ouvre ma grande bouche pour dire :

— Qu'est-ce que tu fais pour le compte d'Atlas, alors ?

Son visage se ferme.

— Je livre de l'argent, pas de la drogue.

— À qui tu le livres ?

Tandis que la lumière du soleil s'atténue un peu, la peau douce du visage de Chase prend une teinte très brunâtre. Il a la peau abîmée par le soleil à force de passer tant de temps sur sa moto et au grand air. Je n'ai jamais fréquenté de mec presque du même âge que moi qui soit si viril. David ressemble encore beaucoup à un gamin, et même si Chase n'a que quelques années de plus que moi, il semble tellement mature.

Alors que je vois bien qu'il cherche comment me répondre, une moto lancée à pleine vitesse nous passe devant, si rapidement que mes tympans résonnent à l'intérieur de mon crâne. C'est comme si quelqu'un avait tendu une corde de guitare dans ma tête et l'avait fait vibrer. Je presse mes paumes de mains contre mes oreilles et Chase suit la moto du regard sur l'autoroute, l'air perplexe.

— C'est un Mephist, il doit rouler au moins à cent-quatre-vingt à l'heure. Putain ! s'exclame-t-il avec un sifflement grave.

Une voiture de flics nous passe devant à toute vitesse à cet instant. Je suis contente de m'être déjà bouché les oreilles.

— Un Mephist ? Le gang de motards qui vous fait concurrence ?

Chase acquiesce, les yeux toujours fixés sur l'arrière de la voiture de flics.

— Je me demande ce qui se passe.

Juste à cet instant, son téléphone se met à vibrer.

Il n'en tient pas compte. Je lui demande :

— Tu ne veux pas répondre ?

Il se met à sourire d'un air narquois.

— Non.

— C'est ton père ? lui demandé-je en finissant mon café, avant de jeter le gobelet dans la poubelle en métal à côté de la glissière de sécurité.

Chase ignore ma question. Ses yeux ont pris un air sombre, et même s'il n'est pas en colère, je devine que quelque chose a changé en lui. Il est plus renfermé.

— T'es prête à repartir ? me demande-t-il d'un air bougon.

En montant derrière lui sur la moto, je lui réponds :

— Oui.

Je tends le bras pour prendre mon casque et il me saisit le poignet.

— Écoute, Allie, me dit-il, le souffle rapide, il y a beaucoup de choses qui ne vont pas te plaire quand tu en sauras davantage à mon sujet.

Il se retourne vers moi et me lance un regard dur avant d'ajouter :

— Alors fais très attention au genre de questions que tu me poses. Prépare-toi à avoir des réponses qui te donneront peut-être envie de partir et de tout quitter.

— Partir ? Quitter quoi ? Toi ? Non, jamais de la vie, rétorqué-je en le fixant en retour.

Mon cœur se tord dans ma poitrine, mais mes yeux restent fixes et mon regard planté dans le sien. J'ajoute :

— Rien de ce que tu pourrais me dire à propos de toi ne pourrait me donner envie de te quitter.

Il démarre le moteur et fait demi-tour en relevant les genoux tandis qu'il laisse la moto gagner du terrain.

— Tu sais quoi, Allie ? Fais attention quand tu fais des déclarations fermes et définitives comme ça.

Tandis que nous prenons de la vitesse, je m'écrie pardessus le bruit du moteur :

— Fermes et définitives ?

— La seule certitude dans la vie, c'est qu'il n'y en a

aucune, hurle-t-il alors que nous décollons littéralement, et je ne peux ni l'entendre ni lui répondre.

Le problème quand on fait un long trajet à l'arrière d'une moto avec un type dont on est en train de tomber amoureuse mais qu'on connaît à peine, c'est que nos parties intimes sont complètement collées contre ses fesses et son dos.

En plus, on ne peut pas parler du tout. Pendant l'heure et demie qui suit, je passe mon temps à ruminer ce que Chase vient de me dire, encore et encore. Mon pauvre cerveau n'arrive pas à tout intégrer. Qu'est-ce que tout cela veut dire ? Je sais déjà qu'il a tué un homme pour tenter de sauver sa mère. Je sais qu'Atlas revend de la came et que Chase est impliqué dans tout ça. Je suis certaine qu'il a fait des choses horribles, et je l'ai regardé se battre physiquement avec Quebec ainsi que son propre père.

Il a même pointé un fusil en plein visage de Jeff.

Ça, je dois avouer que ça ne m'a pas trop dérangée.

Qu'importe les secrets qu'il me cache, il faut qu'il sache que je ne lui en tiendrai pas rigueur. Je ne le jugerai pas. Il a vécu une vie difficile dans une bande de bikers hors-la-loi. Ce n'est pas comme si je m'attendais à ce qu'il soit parfait. Ce mec a regardé sa mère se faire fusiller sous ses yeux, il a été formaté pour passer sa vie à tailler la route avec son père, et pourtant il est intelligent, ne semble pas accro à la drogue, a un certificat de premiers secours – et il est tout simplement génial. Il prend soin de moi. Nous avons un lien, une connexion que je ne parviens pas à comprendre, mais je n'ai pas besoin d'y comprendre quoi que ce soit.

J'ai besoin de la ressentir.

Un changement se fait sentir dans l'air à mesure que le paysage verdit et devient plus vallonné. Ma peau commence à être un peu engourdie, et pas seulement à cause des vibrations de la moto. Le crépuscule n'est pas encore là, mais il approche.

Lorsque nous nous arrêtons à un feu rouge sur une voie rapide à double sens, Chase se tourne vers moi et me demande :

— Ça va ? On n'en a plus que pour une heure ou deux. On va passer sur les autoroutes principales.

Je lui souris.

— Ça va on ne peut mieux, dis-je en le serrant fort contre moi, et je lui fais un câlin par derrière. Je n'arrive pas à croire qu'on soit si proches de l'océan.

— Je n'arrive pas à croire que tu n'aies jamais vu l'océan.

Et toi, je n'arrive pas à croire que tu m'aimes vraiment.

6

Il y a tellement de maisons. Elles sont tellement nombreuses. À mesure que nous approchons de Los Angeles, les maisons se rapprochent les unes des autres, et les collines se dévoilent sous nos yeux, gigantesque panorama qui nous souhaite la bienvenue. Je n'ai jamais vu de routes aussi larges ni autant de feux de circulation. Les maisons sont collées les unes aux autres et je vois bientôt beaucoup de vert dans le paysage, du vert à perte de vue.

Les pelouses semblent sorties tout droit d'un film. Les habitants ont-ils donc tous d'épaisses pelouses bien vertes comme cela ? Je vois des arroseurs automatiques irriguer les pelouses. Jeff ne fait jamais rien pousser chez nous. Il dit que ce serait gâcher de l'eau. Ici, en banlieue de Los Angeles, les gens semblent avoir beaucoup d'eau à disposition. Ça doit coûter affreusement cher.

Les maisons sont également construites sur un plan vallonné, et assez escarpé en plus. Les allées de garage sont sinueuses et inclinées vers le haut, et les maisons splendides. Certaines sont de style espagnol, d'autres sont construites en un joli bois. De nombreuses maisons ont une façade en stuc. Les jardins sont resplendissants et bien soignés.

J'ai l'impression d'être une vraie péquenaude. Comme si je n'avais jamais rien connu d'autre que ma minuscule petite ville. Bon sang, je n'ai jamais vu de feu de circulation avec une flèche pour tourner à gauche. Je ne peux m'empêcher de la fixer tandis que Chase est arrêté à un feu.

La flèche s'allume. Chase tourne à gauche. Ça paraît aussi amusant qu'une fête foraine en ville ou qu'un tour de grande roue.

Il faut que je sorte un peu plus, non ? Je suis consciente que j'ai vécu une vie particulière, un peu recluse. Maman et Jeff ne gagnaient pas beaucoup d'argent et après la mort de maman, Jeff nous a forcés à nous serrer la ceinture encore davantage. J'ai tant de choses à apprendre.

Fuir Jeff n'est que la première étape de ma nouvelle vie. Je croyais que c'était la seule chose à faire. Je n'aurais qu'à m'enfuir de chez moi et tout irait bien. Je me rends compte désormais que ma fuite n'est que le premier pas d'un long chemin vers la liberté.

Briser ses chaînes demande de nombreux efforts, mais c'est comme un marathon que je devrai courir pour le restant de mes jours.

J'ai tant de choses à apprendre.

— Tu sens cette odeur ? demande Chase au prochain feu.

Tout ce que je peux sentir, c'est une odeur de gaz d'échappement et de sueur.

— L'océan, l'odeur du sel, on approche, reprend Chase, en se baissant un peu pour me prendre la main, plus qu'une demi-heure à peu près !

Une bouffée d'euphorie s'empare de moi, tant j'ai hâte d'y arriver. J'ai les cuisses qui tremblent à cause de mes muscles tendus et mes os me font mal.

Alors que le feu passe au vert et que la moto décolle, je m'écrie :

— Ouais !

Un attroupement de mecs se tient devant une épicerie. Ils boivent au goulot de leurs bouteilles dans des sacs en papier marron et me sifflent lorsque nous passons devant eux. Ils sont un peu flippants, mais je leur fais signe quand même. Leurs sifflements se font très forts, et Chase se contente de secouer la tête, comme s'il ne savait plus quoi faire de moi.

Bienvenue au club, Chase. Moi non plus, je ne sais plus quoi faire de moi. Mais qu'importe ce que je vais faire, je veux le faire avec toi.

On tourne à droite, puis à gauche, puis nous parcourons une longue distance sur une route au bord de laquelle les maisons ressemblent à des villas tout droit sorties de séries télé. Chaque maison qui se trouve là semble tellement parfaite. Une jolie pelouse, de jolis jardins secs avec des palmiers, des rangées de porches où sont disposés, en rangs d'oignons, des outils de jardinage propres et assortis. Comment est-ce possible que tant de personnes possèdent une fortune pareille ? Les collines servent de décor en arrière-plan de ces jolies maisons. On dirait vraiment un lieu de tournage.

Nous tournons encore une fois, et … hum ! Je le sens. Le sel qu'il y a dans l'air s'engouffre dans mes poumons comme une bouffée de joie.

— Jolies gambettes ! me crie un homme à une station essence.

Chase lui fait un doigt d'honneur tandis que nous passons devant lui à toute vitesse, ce qui me fait rire. Je ris parce que le regard sur le visage de l'homme est drôle à voir. Je ris aussi de voir à quel point Chase est protecteur. Je ris parce que ça fait quatre heures que nous roulons à moto et je suis fatiguée.

Je me mets à rigoler encore plus fort quand j'aperçois une énorme grande roue dans notre champ de vision.

Au niveau du feu tricolore suivant, je crie :

— Où est-ce qu'on est ?

— Sur la jetée de Santa Monica, me dit-il.

Je m'arrête de rire et regarde autour de moi. Les noms des magasins sont tellement originaux que je n'arrive pas à prononcer les noms de la moitié d'entre eux. J'aperçois certains restaurants avec des noms comme *Le Homard* ou le *Grill Del Frisco's*. Partout, il y a des femmes en talons ultra-hauts qui portent de jolis vêtements étriqués et à la mode. Ce ne peut être qu'un rêve, non ?

Je vois des femmes, l'une après l'autre, se promener sur le trottoir chaussées de Manolo Blahniks et autres chaussures qui coûtent plus cher que la voiture de Jeff. Leurs cheveux sont parfaitement coiffés, leur maquillage impeccable. À leurs côtés marchent des hommes en costume avec des sacoches de chez Tiffany. J'ai même aperçu quelqu'un avec un petit sac à main Kate Spade. Marissa m'a raconté tout ce qu'elle savait sur les marques de luxe et nous avons passé tellement de temps à feuilleter des magazines de mode avant son départ que je suis devenue incollable là-dessus.

Des sacs Kate Spade. Marissa doit tellement adorer cette ville.

Nous descendons une petite colline et les réverbères s'allument lentement à mesure que le crépuscule s'installe. Plus qu'un virage et nous y sommes.

L'océan.

En le serrant dans mes bras, je lui crie à l'oreille :

— Oh, mon Dieu, Chase, c'est vraiment réel ! Tu l'as fait ! Tu m'as amenée jusqu'ici !

Je n'entends rien à cause du bruit du moteur de la moto, mais nous allons nous garer dans quelques minutes. Mes oreilles s'empliront du bruit des vagues déferlantes.

Et de rien d'autre que les battements de cœur de Chase, alors qu'il me tiendra fermement contre lui.

Des lumières, partout des lumières. Le ciel au-dessus de l'eau ressemble à une aquarelle qui aurait pris vie. Il y a des montagnes russes sur la jetée de Santa Monica. Je ne suis jamais montée dans des montagnes russes. Nous n'avons jamais eu assez d'argent pour pouvoir faire quoi que ce soit d'autres que les chenilles de la fête foraine, quand les forains passaient par chez nous.

Je sens le rire de Chase vibrer à travers mes bras.

— Bien sûr que c'est réel, dit-il par-dessus son épaule à mesure que nous ralentissons et qu'il se faufile entre les longues files de voitures garées sur le parking. Nous descendons le long d'une rampe et la promenade apparaît brusquement dans notre champ de vision à gauche, comme tout droit sortie de l'océan.

Nous tournons à droite, passons à nouveau devant une longue file de voitures, puis Chase s'arrête avant d'éteindre le moteur.

Splash. Les vagues sont juste là, et je les dévore des yeux, ainsi que tout le paysage. Je n'arrive pas à croire que je suis vraiment arrivée là.

J'ai les jambes ankylosées et douloureuses, mais je saute de la moto d'un air hésitant et me mets à courir sur le sable, en retirant mes chaussures d'un coup de pied avec difficulté. J'ai déjà marché pieds nus dans le désert, mais le sable ici semble tout à fait différent. Il est doux, granuleux, sec et parfait. La brise chargée de sel marin embaume une odeur de poisson, légère et aérienne.

Il y a des gens partout. Je n'ai jamais vu autant de gens, de voitures… ni rien de tout cela au cours de ma vie, avant aujourd'hui. Je veux rire des heures durant, danser, sauter et hurler toute ma joie.

Alors je fais tout cela à la fois.

Chase m'observe, les bras croisés sur sa poitrine. Son visage se fend d'un demi-sourire, et une petite barbe d'un jour recouvre son menton et sa bouche. Dans la lumière évanescente du soleil, il est merveilleux. Je détache mon regard de lui et contemple les gros rouleaux des vagues. Les gens sont éparpillés sur la plage comme des petits points, en couple ou en groupe. Il y a des personnes âgées, de petits enfants et plein de jeunes de notre âge, à Chase et moi.

Je suis entourée de bonheur.

Je pique un sprint vers l'eau et mes pieds se hasardent sur le sable. C'est difficile d'y courir pieds nus. Derrière moi, Chase m'appelle et je l'entends bougonner mais je m'en fiche. Je suis libre. Libre.

Je suis là, enfin.

Je finis par atteindre l'eau et fonce dedans, en m'éclaboussant comme une folle, en rigolant comme une hystérique.

Par derrière, je sens une paire de bras aimants m'attraper par la taille.

— Tu es complètement folle, me dit Chase, à bout de souffle.

— Je suis là, enfin ! hurlé-je en trempant mes mains dans l'eau salée, et en posant mes doigts mouillés sur mes lèvres.

L'eau est vraiment salée, tellement plus acidulée que je me l'étais imaginée. Elle irrite ma lèvre fendue.

Il me fait tourner sur moi-même, et mon jean me mouille les mollets. J'aurais dû le remonter. Les égratignures sur mon corps, qui ne sont pas si négligeables que cela, me donnent envie de hurler de douleur à cause de l'eau salée, mais je reste muette à la vue du visage de Chase, de ses bras et de ses mains.

L'expression de son visage.

— Je voudrais te rendre heureuse comme ça tout le temps, Allie.

— Alors allons vivre près de l'océan !

Il se met à rire.

— Si c'est suffisant pour toi, ça me va !

Il me tire vers lui et plaque ses lèvres contre les miennes, sa bouche insistante, et glisse sa langue entre mes lèvres. Nous sommes deux fruits mûrs et généreux sous le ciel qui nous illumine d'une lueur rougeâtre et orangée.

Nous sommes comme un dieu et une déesse, comme le yin et le yang.

Nous sommes là, ensemble.

Ah, la sensation de la brise fraîche de l'océan et le soleil qui disparaît à l'horizon. Le clapotis du vent et de l'eau sur mes longs cheveux. Les cris des enfants sur la plage, qui rient et qui hurlent. Les mouettes qui se dirigent droit vers l'eau et les bateaux au loin. Je peux enfin respirer, l'embrasser, le lécher et sourire.

Je suis devenue une personne à part entière.

Chase se recule et me tient à une longueur de bras de lui.

— On dirait que tu exultes, dit-il en riant.

Ses yeux couleur de miel s'illuminent et son sourire doit être au moins aussi radieux que le mien. Son jean est trempé et il a fourré ses mains dans les poches arrière de mon jean. Mon cerveau a arrêté de réfléchir au moment où j'ai mis les pieds dans l'eau.

Je ne ressens plus maintenant que des émotions à l'état pur. Mes douleurs, mon mal, mes éraflures, mes peurs – tout s'est évaporé. À cet instant, je suis devenue la véritable, l'unique Allie Boden.

L'ancienne Allie ne refera jamais surface. Jamais. La vieille Allie est aussi desséchée et déprimante que ma ville natale comparée à l'océan. Qui voudrait reprendre une vie qu'il n'a pas choisie ? On agit selon ses désirs, n'est-ce pas ?

Je fais mon choix.

J'ai déjà fait mon choix.

Chase dépose un énorme baiser sur mes lèvres comme un idiot, en me saisissant le postérieur à deux mains.

— Tu es resplendissante.

Je hurle en sautant sur place :

— Je suis radioactive !

Une grosse vague vient s'écraser contre mes mollets et me laisse sous le choc. De plus petits courants marins près de mes pieds me tirent dans la direction opposée. Je ne savais pas que l'eau elle-même pouvait être aussi polymorphe, présenter autant de complexité.

Autant de nuances.

Comme la vie.

Comme moi.

Me mettant sur la pointe des pieds pour mordiller la lèvre supérieure de Chase, je sens son goût de café et de raisin, ponctué d'une touche de menthe. Il a sa propre odeur, mais l'océan la démultiplie. Si le bonheur avait une odeur, ce serait celle-là. Les fabriquants de bougies pourraient s'en mettre plein les poches s'ils pouvaient recréer l'odeur de l'océan au coucher du soleil.

Le coucher du soleil.

Je me retourne alors que Chase passe un bras autour de ma taille et me serre contre lui, juste en-dessous de son épaule. Mon épaule se pose si parfaitement contre ses côtes que c'est comme si nous avions été sculptés pour s'emboîter parfaitement. Faits l'un pour l'autre. Le soleil brille si fort dans le ciel lorsqu'il vient toucher l'eau à l'horizon. C'est exactement comme dans les films.

Même mille fois mieux.

Mes cheveux se collent contre mon dos et s'emmêlent entre les doigts de Chase, et je les relève. Il embrasse la longue étendue de peau qui s'étend sous ses lèvres lorsque je m'étire. Ses baisers sont remplis de promesses qu'il tiendra, je le sais. Il a promis de m'emmener voir l'océan et il a déjà tenu parole là-dessus.

Je pourrai toujours lui faire confiance. Toujours. Il ne me laissera jamais tomber. Je suis en train de tomber amoureuse de lui beaucoup trop vite, mais je m'en fiche. Chase m'a montré qu'il était un homme de parole, et c'est tout ce qui compte. Lui, il est le seul qui compte. Ensemble, nous avons plus d'importance que quoi que ce soit d'autre.

L'air chaud et humide ressemble à un concentré d'amour et de douceur tout à la fois. J'ai l'impression de sentir ma mère m'enlacer dans ses bras. Comme si elle nous souriait de là-haut, ravie de me voir si heureuse. Une sensation surnaturelle de picotements me chatouille la peau, et en me retournant j'aperçois un groupe de motards passer doucement devant nous.

— Ne t'inquiète pas, dit Chase. Eux, ils ne font pas partie d'Atlas. Cette bande-là est sympa. On s'entend bien, dit-il en relevant un sourcil comme s'il allait se contredire.

Puis il ajoute :

— Plus ou moins.

Il prend toutes mes réactions pour de la peur. Mais je n'ai pas peur. Une femme assise derrière le meneur de la bande nous regarde fixement sur sa moto. Elle ressemble tellement à ma mère que je ne peux m'empêcher de la fixer en retour. Ses longs cheveux noirs me semblent si familiers. Nous avons des « cheveux de corbeau » comme dit Jeff.

Je tremble. J'affabule. Je vois des choses qui n'existent pas. Peut-être que je délire complètement. Est-ce possible que je me sente trop heureuse ? Trop exaltée ? Trop euphorique ?

Chase m'embrasse encore et blottit sa joue contre mon cou.

— Tu as l'odeur de l'espoir, Allie. De l'espoir et du bonheur. Tu es ce que j'ai de plus important au monde.

Laisse-moi te rendre heureuse comme ça tous les jours de ta vie.

La femme nous suit du regard et tend le cou pour nous observer. Elle porte des lunettes de soleil et arbore un demi-sourire sur son visage. Ses lèvres semblent vouloir faire passer un message. Elle finit par tourner la tête pour faire face au conducteur tandis qu'ils tournent à gauche, sur la branche qui va vers les rues principales, et s'éloignent de la plage.

Mon sang pulse dans mes veines et mon cœur ralentit lorsqu'elle disparaît au loin. Pourquoi nous regardait-elle avec tant d'insistance ? Je ressens un nuage d'amour m'envelopper et mes yeux se remplissent de larmes.

La voix de Chase est pleine d'inquiétude lorsqu'il me regarde.

— Qu'est-ce qu'il y a, Allie ?

Je n'arrive pas à l'expliquer. Je ne peux pas. Je me tiens sur la pointe des pieds entre les vagues et tire sa bouche contre la mienne. Notre baiser se prolonge jusqu'à ce que le dernier rayon du soleil ait disparu dans l'océan, complètement éteint, comme s'il avait trouvé le sommeil.

Comme ma peur. Comme ma tristesse. Comme mon chagrin.

Comme ma vie, là-bas, à la maison.

7

— *O*n fait les montagnes russes ou la grande roue en premier ? me demande Chase en me tirant vers la promenade.

La jetée de Santa Monica est une énorme structure plate, en quelque sorte le plus grand ponton au monde, et s'étend sur plusieurs hectares au-dessus de l'océan. Elle est tellement immense qu'il y a de vraies montagnes russes dessus.

Des montagnes russes juste au-dessus de l'océan. Qui aurait cru ça possible ?

Son estomac gargouille.

Je me mets à rire.

— Et si on allait manger un morceau d'abord ?

Il me fait un clin d'œil et me saisit par la taille. Je déplace mes pieds pour que nos pas soient synchronisés.

— Bonne idée. Un hamburger ? Des fruits de mer ? Tu veux manger quoi ?

On a un choix *énorme*. Des restaurants de fruits de mer de luxe, des stands de hot-dogs ordinaires, des bistrots qui vendent des hamburgers, des échoppes de glaces, des stands de donuts frits – on a vraiment l'embarras du choix.

Je n'ai jamais vu autant de restaurants dans un même endroit, et chaque échoppe est décorée avec de drôles de décorations de Noël et des néons lumineux, ce qui lui donne l'impression de faire partie d'une fête foraine qui ne dort jamais.

Je crois que c'est un peu le concept.

— C'est toi qui choisis, dis-je à Chase.

Ça m'est bien égal. Il m'emmène jusqu'à un stand de fruits de mer frits dans l'huile et bientôt je croque joyeusement des crevettes grillées, attablée avec Chase tandis que nous fixons le ciel gris. Le soleil vient de se coucher mais la lune n'est pas encore montée dans le ciel. L'atmosphère est grisâtre est parsemée de petites touches claires et foncées. Il y a des gens partout, et on aurait vite fait de se perdre dans une foule pareille.

Mais on peut aussi s'y trouver.

Nous sommes assis l'un à côté de l'autre et je suis collée contre Chase tandis que nous nous remplissons l'estomac et regardons les vagues s'écraser sur le rivage. Je pourrais rester là à regarder l'eau pour toujours. Son rythme est devenu identique au battement de mon cœur.

Lorsque nous avons fini notre repas et nos boissons, je laisse échapper un long et profond soupir de soulagement.

— Tu es contente ? me demande Chase, en me souriant avec tant d'émotion que je pourrais passer l'éternité à le regarder ainsi.

— Plus que contente.

— Est-ce qu'il y a un terme pour ça ? s'enquiert-il.

— Chase.

— Non, répond-il en fronçant les sourcils.

— Alors quoi ?

— Allie.

— C'est notre première dispute ? blagué-je en me relevant pour aller jeter mes déchets dans une poubelle pas loin.

Il fait de même.

— Si c'est le cas, c'est vraiment nul comme dispute.

Il enveloppe ses bras autour de moi et je presse mon oreille contre son cœur. Il bat en rythme avec les vagues dans l'océan, d'un bruissement calme qui m'apaise.

Tout contre sa poitrine, je murmure :

— J'espère que toutes nos disputes seront aussi nulles que ça.

Les vibrations de mon rire font bouger mon visage.

— Un jour tu trouveras quelque chose qui ne te plaira pas chez moi, et tu me hurleras dessus, me traiteras de connard et tu me balanceras des assiettes à la figure, me dit-il d'une voix amusée.

Je me recule et relève un sourcil.

— Il faudrait vraiment que tu fasses quelque chose d'horrible pour que j'en arrive là.

— On est tous capables de faire des choses horribles, Allie, ajoute-t-il d'une voix douce.

— Pas toi, insisté-je. Pas moi non plus, pas ici.

Il me coupe la parole d'un baiser.

— Laisse-moi te dire une chose, Allie, dit-il en rompant notre baiser. Je n'ai jamais rencontré personne comme toi auparavant. Quand je suis rentré dans ce bar il y a quelques semaines et que je t'ai vue, c'est comme si tous ces clichés à la gomme s'étaient avérés, en l'espace d'une seconde. Mon cœur s'est arrêté. Mon corps s'est endurci, mon esprit s'est embrouillé, et je ne voulais que toi. Être avec toi, pouvoir te toucher.

Soudain, j'ai la gorge nouée. Il me caresse le bras au rythme des vagues.

— Je voulais t'aimer, dit-il.

Les yeux de Chase sont devenus aussi brûlants qu'une flamme, leur couleur d'ambre prenant des sous-tons jaune et marron à la lumière du crépuscule. Je vois tout l'amour qu'il me porte dans ses yeux. Je le sens dans son regard.

Et il vient de me le dire.

— T'aimer, me dit-il encore. Je sais que c'est complètement fou. J'ai parlé à Quebec et à David de ce que je ressentais pour toi, et ils m'ont tous les deux dit que c'était le destin.

Je m'étouffe :

— Quebec et David ?

Il se met à rire.

— Oui, mais séparément. Je sais que Quebec peut se comporter comme un con parfois, mais c'est un bon ami. Un type bien quand on le connaît.

J'émets un reniflement de surprise.

— Putain, comment est-ce qu'on en est venus à parler de Quebec alors que j'étais en train de te dire que je t'aimais ? me demande Chase, l'air complètement interloqué.

Je plaisante :

— C'est toi qui as amené le sujet. Peut-être que ça te fait penser à lui, de m'aimer ?

Le simple fait de prononcer les mots *m'aimer* me donne l'impression que le terme est hors de propos. Comme si je venais de pénétrer dans une autre dimension.

Il pousse un grognement.

— Je vais recommencer depuis le début. Je rembobine toute la conversation. Oublie Quebec et David.

Il m'emmène jusqu'à la grande roue de l'autre côté du môle, ses doigts entrelacés avec les miens. Chase court et je tente de le rattraper, ses mots me parcourant l'esprit.

L'amour.

Il m'aime, il m'aime, il m'aime.

Chase achète deux tickets et nous montons dans une nacelle. Il s'assied à côté de moi et prend mes deux mains dans les siennes, laissant nos quatre mains empilées sur ses genoux. Mes doigts frottent contre le tissu rêche de son jean, et j'ai l'impression de mémoriser chaque détail de la scène, comme si c'était une nécessité.

La grande roue se met en branle et nous nous envolons. J'ai l'estomac noué. Tandis que la grande roue nous fait monter de plus en plus haut, elle s'arrête d'un coup. Je regarde en bas. Un autre groupe de personnes prend place.

Lorsque je pose à nouveau mon regard sur Chase, il a les yeux qui brillent.

— Allie, me dit-il la voix enrouée et grave, je suis sérieux. Je t'aime. Je sais que c'est prématuré, mais quand on sait ce genre de choses – on le sait, c'est tout. Je n'arrête pas de penser à toi. Bon sang, mon putain de corps te désire tout le temps. Chaque fois que tu ris, je voudrais te voir rire encore mille fois.

Je ne peux détacher mes yeux de lui.

Nous faisons à nouveau un bond en avant, et cette fois je perds l'équilibre, en retombant brusquement sur lui. Ses bras me rattrapent et me stabilisent, puissants et chauds à la fois. Il fait remonter ses paumes de mains de mes épaules vers mon visage et le saisit entre ses mains.

— Tu me donnes envie de t'ouvrir mon cœur, Allie. Jamais aucune femme n'y était parvenue avant.

Nous voyons les lumières des montagnes russes clignoter tandis que les wagons passent à toute vitesse sur les rails, et entendons les gens crier d'excitation dedans. Une flopée de mouettes caquette et hurle tandis qu'un enfant leur fonce dessus au loin. Le souffle chaud de Chase me chatouille les narines. Ses paroles caressent mon âme.

— Je t'aime, me déclare-t-il simplement.

Comme s'il s'était fendu la poitrine pour que je voie y battre son cœur vulnérable, à un rythme adopté spéciale-ment pour moi.

J'inspire. J'expire. Encore une fois. Le temps n'existe plus et l'espace semble bien plus grand que je ne me l'étais imaginé. Le monde dans son ensemble est si vaste et complexe, et l'amour simple et minuscule.

Il trouve son expression ici, dans l'espace qui sépare nos deux corps.

Je traverse cet espace et nous nous embrassons. Nos lèvres se racontent des histoires, nos langues élaborent des projets et nos doigts s'entrelacent comme pour s'accrocher à la vie. Je raconte toute mon histoire à Chase par ce baiser et son grommellement de désir est plus éloquent que n'importe quelle parole.

La grande roue avance à nouveau et nos dents s'entrechoquent. Chase me mord la langue et je me mets à rire. Il fait un mouvement gêné et son regard se trouble. Nous détachons nos corps en fusion. Chase m'observe avec un air d'incertitude.

Je sais pourquoi.

— Je t'aime, Chase Holloway ! murmuré-je.

Puis je hurle :

— Je t'aime, moi aussi !

— Je t'aime, Allie ! s'écrie-t-il.

— Allez vous payer une chambre ! hurle quelqu'un en retour.

Je me mets à rougir et mes mains se crispent dans les siennes. Cette fois, lorsqu'il me regarde, il a un regard sombre et ses yeux sont remplis d'une émotion plus profonde.

Et il n'y a plus cette incertitude dans ses yeux.

Chase m'embrasse alors que la grande roue commence lentement à tourner sans interruption, et c'est sa manière à lui de me dire lentement et sincèrement qu'il m'aime. Il enfonce ses mains dans mes cheveux et je saisis l'arrière de sa nuque dans la paume de ma main. Il me rapproche, une main sous mon t-shirt aplatie contre mon dos, et m'attire vers lui.

C'est comme s'il voulait qu'on soit proches l'un de l'autre pour ne plus faire qu'un, un seul et unique corps.

Un seul cœur.

Le vent commence à plaquer mes cheveux en tournoyant autour de nous, et le ciel est devenu si sombre que les lumières des attractions du môle scintillent d'une lumière vive. La musique s'atténue et reprend du volume tandis que nous frôlons le sol dans notre nacelle. Chase balade ses mains partout sur moi maintenant, sa bouche se fait pressante et plus exigeante, et la connexion entre nous ne se contente plus de nous lie.

Désormais, nous avons besoin l'un de l'autre, comme si c'était une nécessité vitale. Il a envie de moi, et l'urgence de ses caresses, ses grognements, ses mains, ses lèvres et sa langue me donnent chaud et me font transpirer de désir.

J'en veux davantage. Plus que je n'en ai jamais eu durant toute ma vie.

Tout ceci a pu se produire parce que j'ai décidé de briser mes chaines et de mettre fin à un système d'oppression que je ne comprenais pas.

— Tu es tellement... oh, bon sang, Allie, dit Chase en se raclant la gorge.

Nous passons à nouveau devant les montagnes russes, et nous voilà perchés et tournés vers l'océan. Au loin, à l'horizon, les lumières rouges d'un gigantesque bateau attire mon regard. Je me suis mise à haleter maintenant, de même que Chase. Il a mis sa jambe épaisse et musclée entre mes genoux, et son torse est pressé contre moi. Nous sommes aussi proches qu'il est possible de l'être en public.

Nous sommes également perchés à plusieurs mètres au-dessus du sol et nous retombons, rapidement.

Nous sommes en train de tomber amoureux.

Je lui avoue :

— Je n'ai pas de mots pour décrire ce que je ressens, Chase.

J'ai la peau bouillonnante et chaque centimètre carré de mon corps me démange, de manière compulsive. J'ai envie de le toucher, de le goûter, je veux me sentir nue et vivante contre son corps.

Il prend ma main pour la poser sur ses genoux et – oh, lui aussi ressent la même chose. Je le vois.

— À quelle distance est l'appartement de Marissa ? me murmure-t-il tout contre le lobe de mon oreille, avant de le prendre entre ses dents et de me faire gémir.

— Je ne sais pas, avoué-je. Elle a dit qu'elle devait habiter à vingt minutes d'ici je crois.

Il soupire et se rassied pendant tout le reste du tour, me serrant fermement contre lui. Le fait de ne plus sentir sa chaleur contre moi fait grandir mon désir pour lui.

— Alors je peux attendre, grogne-t-il avant de me lécher le cou.

Je ne peux m'arrêter de glousser.

— Pourquoi tu fais ça ?

— Parce que tu as tellement bon goût.

— J'ai un goût de sueur et de saleté.

— Miam.

Je m'approche de lui et fais de même.

— Plus bas, me dit-il d'un ton énigmatique.

Je me dégage de son étreinte et lui lance un regard malicieux.

— Plus tard.

La roue continue de tourner dans le ciel tandis que nous rions et nous blotissons l'un contre l'autre jusqu'à l'arrêt du manège, dégringolant en plein dans cette splendide nuit californienne.

— *a* LLLIIIIEEEE ! hurle Marissa en dévalant en courant les escaliers de son immeuble jusqu'à la porte d'entrée.

Le son de sa voix est si aigu qu'elle pourrait briser des verres. Elle descend lourdement les escaliers et me serre si fort dans ses bras que je chancelle un peu en arrière, en plein dans le torse de Chase, si bien qu'il doit nous retenir toutes les deux.

Marissa ressemble davantage à notre père. Je ne l'ai pas connu, mais je me rappelle seulement de son visage pour l'avoir vu en photo. Il est parti quand nous avions respectivement cinq et deux ans et nous ne l'avons jamais revu depuis. Pour nous, c'est comme s'il était mort. Il a disséminé son ADN ça et là, et c'est tout ce qui importe. Alors que je ressemble à un modèle réduit de ma mère, Marissa fait une demi-tête de plus que moi, avec des cheveux courts blond-châtain et des yeux verts en amande.

Elle m'enlace en me balançant d'un pied sur l'autre, comme si j'étais sa peluche préférée qu'elle câlinait jusqu'à en faire craquer les coutures.

— Je n'arrive pas à croire que tu sois arrivée jusqu'ici, hurle-t-elle.

Marissa marque un temps d'arrêt et m'examine de haut en bas.

— Tu as déjà été faire un tour dans l'océan, à ce que je vois, affirme-t-elle.

Le souffle coupé parce qu'elle me comprime la moitié des côtes, je lui réponds :

— Oui !

J'ai toujours des douleurs à cause de mon accident de vélo, et son étreinte me fait plus mal que je ne m'y serais attendue. Je reprends :

— Chase m'a emmenée sur le môle de Santa Monica.

— Chase ! hurle-t-elle, en le prenant dans ses bras lui aussi.

L'air complètement pantois, il reste planté là, les bras le long du corps tandis que ma sœur le tripote de manière tout à fait platonique. Elle n'oserait jamais me voler mon petit ami. C'est juste qu'elle aime bien prendre les gens dans ses bras.

Ce qui n'est pas du tout le cas de Chase. Elle le sent se crisper et me lance un regard interrogateur, les yeux ronds comme des soucoupes.

— Enchanté de te rencontrer, dit-il d'un air embarrassé.

Marissa se recule et lui fait une sorte de caresse sur la poitrine, comme si elle lissait la fourrure d'un chat enragé.

— Je suis tellement heureuse de te rencontrer, Chase, dit-elle en se reculant.

Elle dirige à nouveau son regard vers moi et nous fait signe d'entrer.

— Entrez, vous deux !

Le bâtiment est vétuste et un peu miteux, avec une rampe en fer forgé sur le bord du chemin extérieur, qui longe les portes d'entrées d'une rangée d'appartements. La salinité de l'air a fait rouiller la rambarde et le revêtement en stuc de la façade s'écaille de partout. La façade a été peinte en rose vif, mais les petits morceaux de peinture écaillée laissent entrevoir une sous-couche de peinture grise.

On dirait une tranche de saumon en train de pourrir.

Ça m'est égal du moment que j'ai un lit, ma sœur avec moi et que je peux avoir la paix à l'intérieur de ce bâtiment.

Le téléphone de Chase se met à vibrer tandis que nous montons les escaliers.

Je lui demande :

— Est-ce qu'il faut que tu prennes cet appel ?

— Non.

— Qui est-ce qui n'arrête pas de t'appeler comme ça ?

— Personne d'important.

Il se renferme sur lui à chaque fois que son téléphone vibre et que je commence à lui poser des questions. Je me tais. Il me paraît évident qu'il n'a pas envie d'en parler. Ce n'est pas un problème. Je déteste quand notre petite bulle de tendresse est envahie par les événements du monde extérieur. Jeff surveillait de près le téléphone qu'il me permettait d'utiliser, alors je n'ai pas de portable sur moi. C'est lui qui l'a, à la maison. Avec ma boîte à musique ornée d'une ballerine.

Je suis prise d'un sentiment de nostalgie.

Pas par rapport à Jeff, ni par rapport à la maison.

Par rapport à maman.

Je me dis de ne pas oublier de raconter à Marissa comme j'ai ressenti sa présence tout à l'heure à la plage. Mais pour l'instant, le temps est accaparé par la gêne de Chase, le sentiment d'exaltation que je ressens de revoir Marissa après tout ce temps, et notre besoin de nous poser pour bavarder un peu pendant notre séjour ici.

— Arlen est parti sur un tournage en dehors de la ville,

nous explique Marissa tandis qu'elle nous fait avancer le long du couloir et ouvre une porte.

La chambre est toute simple. Un double futon posé par terre, une couette décolorée et deux oreillers avec des taies d'un rouge criard. Des enceintes sur une petite table de chevet et une armoire.

Cela semble un refuge tout à fait minimaliste.

Ce sera parfait.

— Il a dit que ça ne le dérangeait pas de vous prêter sa chambre, ajoute Marissa.

Mon cœur fait un bond dans ma poitrine. Chase parcourt la pièce du regard mais ne dit rien. Il écarte un peu les narines et sa lèvre se tord. Est-ce bien une légère rougeur que je vois dans son cou ?

— Faites attention de ne pas tâcher les draps ! crie une voix d'homme amusée et grave à l'autre bout du couloir.

Marissa rougit et pousse un soupir. La mâchoire de Chase se crispe de colère. La personne qui vient de crier apparaît sous nos yeux et il porte… une robe.

Ou plutôt un kilt. Un kilt écossais.

— Salut, dit le mec.

Il fait presque deux mètres et a les cheveux plus longs que moi, d'un auburn lumineux. Il les a rattachés en arrière, en une natte au bas de son cou avec un ruban de couleur bleu roi. D'épais sourcils, auburnes eux aussi, se dessinent au-dessus de ses yeux bleu clair et il porte une barbe lâche qui semble un peu trop soignée pour être naturelle.

Il a la peau luisante, comme si son torse était couvert d'huile, et il porte un kilt à carreaux. Rien d'autre.

— Angus McMurphy, nous dit Marissa en guise de présentation, mais elle est prête à s'étouffer de rire.

L'homme éclate de rire, d'un rire profond et grave qui lui sort du plus profond de son ventre, et je ne peux m'empêcher de l'imiter.

— En réalité, dit-il en lançant à Marissa un regard malicieux, c'est mon nom de scène. Mon vrai nom, c'est Morty Cohen.

Chase et moi levons les sourcils.

Je lui réponds :

— On dirait un vrai paysan écossais.

— S'il y avait des paysans juifs en Écosse à l'époque, je suis leur descendant.

— Au cas où vous vous poseriez la question, ajoute Marissa, le tapis est assorti aux rideaux.

Je regarde autour de moi les fenêtres de l'appartement, puis le tapis tout râpé. Les tentures sont d'un blanc jauni et le tapis a une couleur rougeâtre-orangée.

— Non, ils ne sont pas assortis.

Chase, Marissa et Angus, ou plutôt Morty éclatent de rire à l'unisson.

Confuse et soucieuse de me sortir de ce faux-pas, je demande :

— Qu'est-ce que j'ai dit de si drôle ?

Marissa me passe le bras autour de l'épaule et m'éloigne doucement des deux garçons, qui sont en train de se serrer la main et de se présenter l'un à l'autre.

— Je veux dire que ses poils pubiens sont d'un roux flamboyant eux aussi.

C'est moi qui rougis maintenant.

— Comment tu le sais ?

Marissa me fait un grand sourire.

— Disons que c'est un ami et un amant occasionnel.

— Bon Dieu, comme tu as changé.

— Ce n'est pas moi qui ai changé, dit-elle en secouant la tête, c'est Los Angeles qui m'a changée. Notre ville, c'est le trou du cul du monde, Allie. Maintenant que tu t'en es échappée, tu vas pouvoir observer les coutumes de vraies personnes.

— Leurs coutumes, c'est de parler de leurs parties intimes tout le temps ?

— Non, me dit Morty par derrière en me faisant sursauter. Les habitudes de certains d'entre nous, c'est d'exhiber nos parties intimes tout le temps.

Il commence à soulever son kilt, mais Chase fait un rapide mouvement de la main et agrippe le poignet de Morty comme dans un étau.

— Du calme, mec, dit Chase, les dents serrées.

Cela ne l'impressionne pas que Morty fasse une tête de plus que lui et au moins vingt kilos de plus.

— Pas de souci, explique Morty en soulevant doucement son kilt.

Chase s'interpose entre Morty et moi pour m'empêcher de voir ça.

— Je me suis mis un cache-sexe pour les soirées.

— Les soirées ? m'exclamé-je.

— Les enterrements de vie de jeune fille. Je fais du strip-tease, à l'occasion.

Il cambre son pubis. Chase secoue lentement la tête et passe sa main devant ses lèvres pour essayer de dissimuler un sourire. C'est comme s'il n'arrivait pas à décider s'il devait s'en agacer ou s'en amuser.

— Il y a beaucoup de vilaines petites pépées par ici ? lui demande Chase.

Je crois que c'est son amusement qui prend le dessus.

— Beh ouais, dit Morty avec un accent écossais prononcé. Il faut bien quelqu'un pour leur coller une fessée sur leur cul de petites pépées, puisqu'elles sont si vilaines.

Je pousse un soupir et regarde Marissa.

— Toi aussi, tu fais du strip-tease ? C'est le genre de boulot que je dois m'attendre à trouver ici ?

Morty me lance une phrase manifestement à double sens.

— T'es bien taillée pour…

Chase lui grogne littéralement dessus. C'est comme si mon petit ami s'était transformé en loup. Il est de nouveau énervé maintenant.

— Bas les pattes, mec, murmure Marissa.

Heureusement, Chase ne l'entend pas, parce qu'il s'est rapproché de notre paysan écossais et semble prêt à le plaquer au sol pour le battre à mort.

Chase ne fait pas une bonne première impression.

— Mec, dit Morty en levant les mains en face de lui pour indiquer qu'il ne cherche pas le conflit. Ta copine ne m'intéresse pas.

Il me regarde avec un sourire attristé.

— Sans vouloir te vexer.

Je lui réponds :

— Pas de souci.

— Je disais seulement que si elle voulait devenir strip-teaseuse, elle est taillée…

— Ça ne l'intéresse pas, dit Chase, les poings serrés et prêt à frapper.

Je lui attrape le bras. On dirait de l'acier blindé recouvert de peau.

— Morty faisait juste une suggestion, dit Marissa.

Elle regarde Chase comme si c'était un extra-terrestre et reprend :

— Tu peux arrêter ton cinéma de petit ami surprotecteur.

Chase et moi rétorquons de concert :

— Ce n'est pas du cinéma.

Il me regarde fixement et me passe un bras autour de la taille.

Un bruit de dédain émerge du fond de la gorge de Morty.

— Sans blague.

— Écoutez, dis-je en me demandant comment la situation a pu s'envenimer à ce point en si peu de temps. Je crois qu'on s'est mal compris. Chase est seulement très inquiet pour moi parce que …

Il me lance un regard réprobateur et se met à fixer Marissa, puis Morty.

Oh, je vois. Je ne peux pas tenter de leur expliquer que mon beau-père a vendu ma virginité à un baron de la drogue mexicain sans avoir l'air complètement folle, n'est-ce pas ?

À plus forte raison que cela fait à peine dix minutes que nous avons débarqué.

— Qu'est-ce que tu t'es fait au visage ! hurle Marissa en allumant la lumière dans la pièce et en me scrutant de près.

Morty lance à Chase un regard de tueur.

— On joue au petit ami surprotecteur, hein ? Quel genre de mec surprotecteur tu es, espèce de sale…

— Minute ! lui hurle Chase en retour. Ce n'est pas moi qui lui ai fait ça ! Je ne lèverais jamais la main sur Allie !

Tous commencent à se crier les uns sur les autres et quelqu'un dans l'appartement du dessous se met à taper au plafond, le téléphone de Chase vibre dans sa poche et je me rends compte tout à coup que je suis sacrément épuisée.

— OH HÉ ! hurlé-je.

Je ne suis pas du genre à crier, et ça tire un peu sur mes côtes qui me font mal, mais qu'importe. Marissa se tait, mais on croirait que Morty est prêt à défoncer Chase et à le traîner dans tout l'appartement car il pense que c'est lui qui est à l'origine de mes blessures.

Je hurle à nouveau :

— OH HÉ ! CHASE ! MORTY ! LA FERME !

Tous deux se taisent.

— Je suis tombée de vélo hier. Une grosse chute. C'est comme ça que je me suis fait toutes ces blessures. Chase m'a aidé, a bandé toutes mes plaies, les a nettoyées et soignées. Et ensuite il m'a sauvée de Jeff…

Marissa m'interrompt.

— Sauvée ? Jeff a finalement élaboré un plan en ce qui te concerne ?

On pourrait entendre une mouche voler.

— Non, dis-je en jetant un coup d'œil à Morty, qui me fixe dans les yeux.

Il semble si énorme et tellement… roux.

— Je, euh… j'ai un truc à faire dans ma chambre là, tout de suite, je m'en vais, bégaie-t-il en comprenant le sous-entendu tapi dans mon regard.

Il fronce les sourcils et Marissa et lui se parlent silencieusement, d'une conversation faite d'expressions et de gestes. Au bout de quelques secondes, j'entends une porte se fermer.

Marissa regarde fixement Chase, qui finit par capter le message.

— Je vois, tu veux parler à Allie seule à seule, sans moi. Pour être vraiment sûre que ce n'est pas moi qui l'ai tabassée, affirme-t-il.

Il n'y a aucune expression de dédain dans ses mots, il ne fait que confirmer l'idée.

Marissa croise les bras sur sa poitrine plate et musclée. Moi, j'ai des formes et des courbes, alors qu'elle est grande et musclée.

— Ça résume bien ce que je voulais dire.

Chase acquiesce, le regard grave.

— Bien. Je suis content qu'on soit sur la même longueur d'onde. Je me comporterais comme toi si Allie était ma sœur, ajoute-t-il en fronçant les sourcils. Enfin, si j'avais une sœur.

Il me vient à l'esprit que je ne sais pas du tout si Chase a des frères et sœurs.

— Tu as un frère ?

Il ne m'en a jamais parlé auparavant, mais je ne lui ai pas non plus posé la question.

Il marque un temps d'arrêt.

— J'ai un demi-frère, Mark.

— Il fait partie d'Atlas ? lui demandé-je.

Les yeux de Chase sautent de Marissa à moi comme des balles de ping-pong.

— On en parlera plus tard. Pour l'instant, vous devez discuter de choses sérieuses toutes les deux, dit-il en me touchant doucement le bras, avant de me faire un bisou sur la joue. Dis-lui tout ce que tu sais, ajoute-t-il. Il te faut une autre personne de confiance que moi.

Les yeux de Marissa scintillent d'émotion à la fin de sa phrase.

— Elle peut compter sur moi. J'ai toujours été là pour elle.

Chase lui lance un regard dur.

— Tu es à plus de trois cents kilomètres d'elle. Elle a besoin d'une oreille attentive et d'un soutien indéfectible, mais tu n'as pas vraiment été là pour elle.

— Mais je…

Il lève les mains en face de lui.

— Ce n'est pas un reproche, je ne te culpabilise pas. Tu t'en es sortie et tu as construit ta vie.

Il fronce les sourcils. Il n'y a pas de colère dans son regard, mais on dirait plutôt qu'il pense à une expérience personnelle. Il reprend :

— Mon frère a fait pareil. Tu as eu l'intelligence de te tirer tant que c'était possible. Je dis seulement la vérité. Et en vérité, Allie court un bien plus grave danger avec Wakefield que vous n'auriez jamais pu vous l'imaginer toutes les deux.

Je voudrais bien lui demander d'expliquer ce qu'il a voulu dire par rapport à son frère. Mais je me retiens. Je vois bien que ce n'est pas le moment.

— C'est pour ça que tu es venue ? me demande Marissa lorsque Chase sort de la pièce. Parce que Jeff t'a mise en danger ?

— En quelque sorte, oui.

Je ne sais pas quoi dire. Je ne sais pas quelle réponse

apporter à ses questions. Notre moment de bonheur sur le môle de Santa Monica s'estompe déjà dans ma mémoire et je ressens à nouveau cette sensation de trop-plein, de colère. J'ai l'impression d'avoir été trompée.

Utilisée.

— De quelle façon est-ce que Jeff t'a mise en danger ?

— Il faudrait peut-être que tu t'assoies avant que je t'explique tout.

Elle s'assied et se relève brusquement.

— Tu dois avoir soif. Tu veux un café ?

Il est neuf heures du soir. Je ne vais pas dormir de la nuit de toute façon, quoi qu'il arrive. J'avais espéré que ma veillée se déroulerait d'une certaine façon, avec Chase à mes côtés, mais je crois que je me rapproche de plus en plus de quelque chose de complètement différent, et ce sera plutôt une nuit blanche passée à discuter avec Marissa.

— Oui, d'accord.

Je la suis alors qu'elle se dirige vers la cuisine.

Je lui demande :

— Morty ? Vous sortez ensemble ?

La cuisine est minuscule mais il y a tout ce qu'il faut. Un petit frigo un peu vieillot, des plaques de cuisson, un four, une cafetière, un micro-ondes. Il n'y a rien d'assorti et on voit des brûlures de cigarette sur le bord du plan de travail, comme de grosses tâches marron foncé là où quelqu'un a laissé brûler un mégot de cigarette trop près d'un objet en plastique. Mais la cuisine est propre. Marissa et ses colocataires ne sont pas de gros dégueulasses.

— Non.

Elle sort une grosse boîte de café premier prix et en met une certaine quantité dans une vieille cafetière au goutte à goutte.

— On est juste… tu vois, des amants occasionnels.

— Ça veut dire que vous couchez ensemble sans vous attribuer une quelconque étiquette.

Je sens que quelque chose commence à bouillonner à l'intérieur de moi, comme si cette chose devait sortir. La journée a été trop riche en événements. Je suis à bout et épuisée, et maintenant Chase est sorti quelque part, énervé et sur la défensive.

— Oui, quelque chose comme ça.

Son sourire en dit long sur ses sentiments. Ce n'est pas qu'un simple amant.

— Il a l'air … sympa.

Elle se met à rire à n'en plus finir.

— Tu as le sens de la formule. Arrête de me titiller maintenant et dis-moi la vérité, Allie. Je peux tout entendre.

— Tu veux savoir la vérité ?

— Ouais.

— Jeff a vendu ma virginité à El Brujo en échange de l'effacement d'une dette à six chiffres.

$\mathcal{U}$n drôle de sifflement lui sort de la gorge, comme si elle faisait une crise d'asthme. Les yeux de Marissa s'agrandissent jusqu'à devenir énormes et sortent de leurs orbites. Ses mains remontent le long de son visage et, avec ses paumes sur les joues, elle ressemble un peu au gamin dans ce vieux film de Noël des années 80, *Maman j'ai raté l'avion.*

— QUOI ? hurle-t-elle.

Des bruits de pas résonnent dans le couloir et Morty déboule dans la pièce.

— Qu'est ce qui s'est passé ? Il t'a fait du mal ?

À cet instant, la porte s'ouvre en grand et Chase entre.

— Ça va ? il t'a fait du mal ?

— Oh, bon Dieu, marmonné-je.

— JEFF A VENDU TA VIRGINITÉ À UN BARON DE LA DROGUE ? hurle Marissa.

— Ah, dit Chase d'un ton embarrassé, tu lui as dit.

Son téléphone se met à nouveau à vibrer.

Je lui demande :

— Tu ne réponds pas à cet appel ?

— Non.

Je pousse un soupir.

— Comment peux-tu rester si calme alors que Jeff vient de te vendre comme esclave sexuelle au plus gros baron de la drogue d'Amérique du Nord ? gémit Marissa, en me regardant avec un air de pitié.

Les sourcils roux et fournis de Morty disparaissent sous la racine de ses cheveux.

— C'est vraiment fascinant de débarquer en plein milieu d'une telle conversation.

Je lève les yeux vers lui. Vraiment très haut.

Je lui réponds :

— On est une famille assez hors du commun.

— Non, me dit Marissa d'un air dégoûté. On est une famille normale. Du moins on l'était jusqu'à ce que notre beau-père tue notre mère et qu'il vende ta virginité.

— On dirait un épisode du Brady Bunch, dit Morty.

Chase ricane.

Au moins les mecs essaient de bien s'entendre.

Marissa met ses mains dans ses cheveux et tire dessus. Elle est désemparée. Le café se met à bouillir et nous entendons un sifflement.

— Le café ?

Morty avance jusqu'à Marissa et se penche sur elle pour venir l'embrasser doucement sur la joue.

— Tu es la meilleure non-petite amie du monde.

Il se dirige vers la cuisine et fait signe à Chase de le suivre. J'acquiesce d'un signe de tête en direction de Chase, qui se traîne jusqu'à la cuisine. Nous entendons leurs voix graves de baryton discuter d'un ton feutré.

C'est moi qui hausse les sourcils à présent.

— C'est compliqué, marmonne Marissa.

— On dirait qu'il t'aime bien, mais que tu le repousses.

— Depuis quand est-ce que tu t'appelles Pascal le grand frère ? me demande-t-elle d'un ton très sarcastique.

Je repousse mes cheveux qui me tombent sur le front et dévoile mes vilaines éraflures.

— Depuis que j'ai passé les deux derniers jours à essayer d'échapper à Jeff et que Chase m'a tirée d'affaire.

Chase et Morty reviennent, le café à la main.

— Un café-crème pour toi, me dit Chase en me tendant la tasse de café fumant.

Marissa, elle, préfère le café noir.

— C'était censé être une blague ! me répond-elle d'un air plaintif.

— Il y a toujours moyen de plaisanter autour d'un café… dit Morty lentement, d'un air tout à fait délibéré.

— Je ne parlais pas du café ! crie-t-elle, en le frappant sur le torse.

Une grosse traînée huileuse lui recouvre le dos de la main, lui provoquant une grimace de dégoût.

— Désolé, dit-il, ce sont les risques du métier.

Il lui essuie doucement la main avec son kilt tout en le soulevant. Je ne peux m'empêcher de regarder.

Il porte un cache-sexe.

Chase me voit en train de le reluquer et lance un regard noir. Je cache mon visage derrière ma tasse de café et tente de dissimuler mon sourire.

Il est tellement jaloux, tellement protecteur.

C'est tellement… typique de Chase.

Morty prend une gorgée de café. Il reste là, debout, calme et détendu. Comme s'il n'était pas ce gaillard de la taille d'un séquoia, vêtu d'un kilt à carreaux et dont le corps est recouvert d'huile pour bébé. C'est juste un mec normal qui boit son café tranquille chez lui, à discuter avec des amis.

J'ai l'impression que ma vie a pris un virage à cent quatre-vingt degrés.

Chase prend une grande inspiration et ferme les yeux, puis il baisse la tête et boit son café. Nos regards se croisent et il me sourit, comme s'il voulait capturer mon image.

— Tu as quand même le droit de t'amuser un peu, rappelle Morty à Marissa. Mais ce sera sans moi, je dois aller travailler.

Il regarde l'horloge au-dessus des plaques de cuisson et boit son café d'une traite. Après avoir posé sa tasse dans l'évier, il embrasse rapidement Marissa sur la joue et nous fait à tous un signe de la main en se dépêchant de sortir.

— Tu vis avec deux mecs ? Morty et Arlen ? demande Chase à Marissa.

Sa voix ne porte aucun jugement, juste une once de curiosité.

— Quand Arlen est là, parfois sa petite amie s'incruste un peu, mais effectivement je me retrouve avec deux mecs.

Chase se contente de dire :

— Oh, c'est cool.

— Et quand Allie emménagera, poursuit-elle, nous pourrons…

— Hors de question que tu vives avec deux mecs, me dit Chase avant de reprendre une gorgée de café.

Sa voix prend un ton sec et inflexible.

Ferme, même.

— Ce n'est pas à toi de lui dire ce qu'elle doit faire, rétorque Marissa.

— Je ne lui dis pas ce qu'elle a à faire, lui répond Chase avec beaucoup de patience dans la voix. Je lui dis ce que nous, on va faire.

Perdue, je lui demande :

— Nous… quoi ?

Depuis notre arrivée chez Marissa, j'ai l'impression que même si nous parlons la même langue que d'habitude, les mots sont dans le désordre.

— Tu ne vivras pas avec deux mecs, m'informe-t-il simplement.

— Mais où est-ce que je vais aller ? Marissa a proposé de m'aider à m'installer, nous allons partager sa chambre et je paierai le loyer, et…

— Tu ne vivras qu'avec un seul mec.

— Hein ?

— Avec moi, dit Chase en finissant son café.

Il s'éloigne de moi et pose sa tasse dans l'évier avant de faire demi-tour, ondulant des hanches, son jean resserré au niveau des mollets. Je pose les yeux sur sa boucle de ceinture. C'est celle qu'il portait le jour de notre rencontre.

— Tu… quoi.. moi… un mec… Quoi ?

— Tu ne sais plus parler ? me demande Chase doucement, un sourire lui effleurant les lèvres.

— Oui, lui dis-je en levant les mains en signe de défaite. C'est ta manière de me dire que tu voudrais qu'on vive ensemble ?

Il se contente d'acquiescer et lève un sourcil d'un air interrogateur. Je comprends que la balle est dans mon camp.

— On se connaît à peine ! J'avais prévu d'emménager ici, et de partager la chambre de Marissa. Ce serait moins cher comme ça, et il faut que je retourne à la maison récupérer mes affaires. Ensuite je reviendrai pour trouver du travail.

Je prends une grande inspiration pour pouvoir continuer à parler.

— Allie, me répond-il en secouant lentement la tête, tout est arrangé. Je vais payer le loyer, je me fais assez d'argent pour ça, tu n'as pas à t'inquiéter.

— Tu te fais assez d'argent ? rétorque Marissa. Assez d'argent pour pouvoir entretenir Allie ici à Los Angeles ? Mais tu fais quoi dans la vie, tu revends de la drogue ? plaisante-t-elle.

C'est une mauvaise blague. Une très, très mauvaise blague.

Le regard de Chase devient glacial et complètement éteint. Il prend une grande inspiration qui lui élargit le torse, ses bras crispés et tendus. Il ressemble à un cobra prêt à frapper, et son attitude est menaçante autant qu'effrayante. Pour la première fois depuis que nous nous sommes rencontrés, je sens une vague de peur m'envahir.

Cette vague déferle droit sur lui.

— Je ne revends pas de drogue, je ne tire pas de revenus de la drogue. Je n'ai accepté aucune rémunération d'Atlas depuis presque un an maintenant. Alors tu peux prendre tes a priori sur moi et te les mettre là où je pense. Je te donne un indice : le soleil n'y brille jamais, même à Los Angeles, dit-il à Marissa.

Elle ouvre grand la bouche, visiblement choquée. Mes joues rougissent sous l'effet d'un coup de sang et je ne peux plus bouger. Les deux personnes que j'aime le plus au monde se disputent sous mes yeux, le plus beau jour de ma vie. C'est comme regarder une voiture sur le point de s'encastrer dans une autre sans pouvoir rien faire. N'avoir aucun moyen d'empêcher l'inévitable.

— C'était une blague, répond-elle d'un air apeuré.

— Alors elle n'était pas drôle, dit-il.

Ses yeux voilés de colère et complètement éteints lorsqu'il me regarde.

— Chase, Marissa ne sous-entendait rien de méchant en disant ça, m'étranglé-je.

— Je ne suis pas sourd, Allie. Je sais ce qu'elle a dit. Elle sait que je fais partie d'un gang de bikers, alors elle a fait des suppositions.

— Je … quoi ? bégaie Marissa. Je me fiche de comment tu gagnes de l'argent, mec. Je faisais juste une blague sur le prix exorbitant des loyers, ici à Los Angeles. Il n'y a pas beaucoup de gars qui proposeraient généreusement de payer son loyer à une fille dans cette ville. Quand tu as dit ça, on aurait dit le fantasme d'un chevalier servant prêt à voler au secours de sa princesse.

Nous n'entendons plus que le bruit monotone de notre respiration, ponctué d'inspirations et d'expirations, pendant quelques secondes.

Un sentiment de désespoir me ronge jusqu'à l'os. Il y a une heure, nous étions sur la grande roue, et toute ma vie se résumait à ces deux petits mots qu'il venait de me dire.

Et maintenant, ma sœur qui m'a manqué plus que tout, est là face à moi, en train de tenir tête à mon petit ami ?

La vie est passée de *génialissime* à *nulle à chier* en l'espace de six secondes.

Je les supplie tous les deux :

— On peut recommencer depuis le début ?

Marissa ne veut même pas nous regarder, ni Chase ni moi, et Chase me regarde discrètement avec des yeux de loup. Il s'est renfermé et semble énervé. Ils sont tous les deux si tendus qu'ils me donnent envie de crier.

Je reprends :

— Vous deux. Vous êtes les personnes qui comptent le plus au monde pour moi. Vous êtes tout ce que j'ai, avoué-je en reposant ma tasse de café avant d'aller m'avachir sur le canapé.

— Et maintenant vous êtes en train de vous battre et de faire tout un cinéma comme si vous ne pouviez pas vous sentir. Je me suis à peine remise de mon accident de vélo, Chase m'a dit qu'il m'aimait, j'ai pu enfin mettre un pied dans l'océan, alors vous allez faire un effort pour vous entendre ! Nom d'un chien !

On dirait une gamine de cinq ans en train de faire un caprice, mais ça m'est égal.

La lèvre de Marissa tressaille et son regard se radoucit. Elle se retourne vers moi et me dit :

— Je suis désolée, Allie. Ce n'est pas vraiment comme ça non plus que j'avais imaginé nos retrouvailles.

Je regarde Chase. Il lève les yeux alors qu'il devait être en train d'observer quelque chose de fascinant sur le tapis et aperçoit mon regard sur lui.

— Je suis désolé, moi aussi. Je ne voulais pas te contrarier.

C'est mieux. Pas parfait, pas suffisant, mais tout de même mieux.

— Excuses acceptées. Maintenant excusez-vous tous les deux.

Ils me regardent tous les deux, l'air bête.

— Je n'ai rien à…

— C'est elle qui…

— N'importe quoi ! Je n'ai rien dit…

— Tu débarques là comme si…

Leur dispute me passe par-dessus la tête, un peu comme… les vagues dans l'océan. Ils sont en train de tout fiche en l'air. Mes yeux se remplissent de larmes.

Ce n'était pas du tout censé se passer comme ça.

Le téléphone de Chase vibre dans sa poche.

Je crie plus fort qu'eux :

— Tu peux répondre au moins ?

Il fouille dans sa poche arrière et appuie violemment sur la touche marche-arrêt. Le téléphone fait un petit bruit pour indiquer qu'il va s'éteindre.

— Ils font chier avec leurs messages, marmonne-t-il. Ils n'ont qu'à pas me déranger maintenant.

Je lui demande :

— Qui t'envoie des messages depuis tout à l'heure ?

Marissa se précipite hors de la chambre et va à la cuisine, où on dirait qu'elle fouille le frigo.

— Mon père.

Je fronce les sourcils.

— Tout va bien ?

Il passe sa main tremblante dans ses cheveux et me lance un sourire désabusé.

— Non, mais ce n'est pas important. Il essaie juste de jouer au petit chef en me contrôlant.

— Tel père, tel fils, plaisanté-je.

Merde. Apparemment, j'ai hérité du même gène de la mauvaise blague que ma sœur. Le regard de Chase me fait comprendre que j'ai dépassé les bornes, moi aussi.

Je m'empresse de m'excuser :

— Je suis désolée, je veux juste… c'est nul. Je veux retourner sur la grande roue et y passer toute ma vie.

Il se mord la lèvre et semble essayer de se calmer. Il remet son téléphone dans sa poche et s'assied à côté de moi, en passant un bras autour de mes épaules.

— Oui. C'est nul. Je suis désolé d'avoir contribué à ça.

Marissa revient de la cuisine avec trois bouteilles de bière. Elle m'en tend une, et une autre à Chase. Toutes sont décapsulées et une rondelle de citron en orne le goulot.

— Écoutez, nous dit-elle à tous les deux, on va tout recommencer depuis le début et réinitialiser la conversation. Et peut-être que de nous relaxer un peu avec quelques bières nous aidera à être un peu plus polis les uns envers les autres.

---

10

*C*hase nous glisse un sourire espiègle.

— Ça me semble une bonne idée, dit-il en pressant la rondelle de citron dans sa bouteille de bière avant de la jeter dedans.

Quelques bulles montent à la surface et il les lèche, d'un coup de langue intentionnel et terriblement sexy. Je suis obligée de retenir le petit bruit qui menace de me sortir de la gorge.

Le visage de Marissa se fend d'un sourire détendu.

— C'est davantage ce que j'avais en tête.

Nous pressons tous les deux nos rondelles de citron dans la bière et les jetons dedans. Puis elle lève sa bouteille et dit :

— Portons un toast à un nouveau départ !

Nous trinquons avec nos bières et en buvons quelques gorgées. J'en ai déjà bu un peu quelquefois, mais jamais une bouteille entière. Après le café, la sensation est agréable. C'est froid et doux, avec un goût un peu acidulé.

Chase plisse les yeux et regarde Marissa.

— On va repartir du bon pied.

Ils trinquent avec leurs bouteilles et je détourne le regard pour les laisser établir un lien entre eux. Il faut vraiment qu'ils apprennent à se connaître et à s'apprécier, sinon ça ne va pas trop le faire pour moi.

Quelques notes d'une chanson de blues funky entrent par la fenêtre ouverte. Quelqu'un dans l'immeuble joue de la basse, branchée à un ampli. Le son paraît feutré, et bientôt un piano se joint aux notes de musique. Ce n'est pas un morceau qu'ils jouent, juste quelques notes par intermittence, une petite phrase çà et là.

— Ce sont des musiciens, dit Marissa en contenant un rot.

Elle n'y arrive pas et s'excuse.

— Ils habitent au-dessus, ils vont faire quelques accords pendant un moment et après on aura droit à un superbe concert d'une heure de jazz et de blues.

Je sens l'épaule de Chase se relâcher contre la mienne. Il termine sa bière et moi de même. Mes jambes me semblent moins contractées. Ma peau est chaude et se relâche elle aussi.

— Vous en voulez une autre ? demande Marissa.

Nous acquiesçons. Je prends la bouteille vide de Chase et il me sourit, en posant ses pieds sur une ottomane et en retirant ses chaussures d'un coup de pied. Bien, ça veut dire qu'on va rester là.

Ouf.

Je sais que la bière n'est pas donnée, alors je la suis dans la cuisine pour lui dire :

— On va faire des courses demain matin et on rachètera de la bière. Je sais que le budget est serré, question argent.

Elle rougit et prend dans le frigo trois autres bières.

— En fait, on n'est pas tant que ça aux abois. La semaine dernière, Morty a fait le double de soirées de strip-tease, alors ça va pour nous.

— Nous ? Je pensais que c'était juste un pote et un plan cul occasionnel.

— Allie !

— Quoi ?

— Ne dis pas de gros mots comme ça !

Je lui réponds en gloussant :

— Maintenant j'ai l'habitude.

Elle se penche vers moi et me demande d'un ton conspirateur :

— Chase et toi, vous êtes des amis et amants occasionnels ?

— Pas encore, dis-je.

Je me remets à glousser. Je n'arrive plus à me contrôler. J'essaie de paraître sérieuse en prenant une expression neutre et reprends :

— Mais tu essaies de changer de sujet.

Elle tire un sac de congélation rempli d'un citron déjà prédécoupé du frigo et en prend trois rondelles.

— Morty et moi, ben…

Elle s'occupe des bières. J'en prends deux par le goulot et Marissa me jette un regard perplexe.

— Il m'aime bien, vraiment beaucoup, et il est super. Je suis sérieuse, mais c'est difficile de confier mon cœur à un mec, tu comprends ?

— Tu lui confies bien ton corps, lui dis-je sans jugement, mais elle a tout de même un mouvement de recul.

— Aïe.

— Désolée.

— Non, pas de problème. Tu es honnête avec moi, c'est mon problème si ça fait mal de l'entendre.

Elle ne trinque pas cette fois, au lieu de quoi elle descend la moitié de la bouteille et marque un temps d'arrêt.

— La vérité ne peut blesser que si elle est… vraie.

Ma main me semble légère et aérienne. Ça me plaît bien.

Mais j'ai un peu de mal à formuler précisément mes pensées. En imitant Marissa, je bois la moitié de ma bière et nous nous sourions. On est un peu idiotes.

C'est beaucoup plus agréable que d'être tendues toutes les deux.

Chase semble tellement à son aise sur le canapé lorsque je retourne dans le salon et lui tends sa bière. Je suis heureuse de le voir comme ça. On se sent comme chez nous ici, comme un vrai couple. Je nous imagine bien dans notre chez-nous plus tard, à nous câliner sur le canapé en regardant des films. Ou bien il pourrait m'aider à répéter les répliques d'un script. Je sais bien que je vais devoir enchaîner des petits boulots merdiques avant de pouvoir commencer à espérer avoir de petits rôles, mais ça ne me dérange pas. Je pourrais devenir serveuse ou nettoyer des chambres d'hôtel pour avoir le temps de me consacrer à ce qui sera nécessaire pour passer une audition.

Et ensuite je rentrerai à la maison pour retrouver Chase.

En fin de compte, tant que nous sommes ensemble, nous pouvons concrétiser nos rêves ici, à Los Angeles, même s'ils sont différents. Nous pourrons rester ensemble et vivre de nos passions. Il pourra faire des doublures, et j'essaierai de me trouver des rôles dans la publicité ou la comédie. Dans quelques années, nous pourrions réussir à percer tous les deux.

Nous pourrons vraiment travailler dur pour réaliser nos rêves.

Et nous soutenir mutuellement tout au long du chemin.

— Merci pour la bière, chérie, dit-il tandis que je m'assois à côté de lui.

Marissa vient s'étaler sur le sol devant nous et dit :

— Je n'aurais jamais pensé voir ma petite sœur avec un petit ami.

— Tu m'as toujours taquinée à propos de David, lui dis-je.

Pendant un instant, Chase se raidit.

Marissa se met à rire.

— Jusqu'à ce que tu m'aies raconté… tu sais.

— Quoi donc ? demande Chase, le regard alerte.

— Il est gay, répond Marissa.

— Ah bon ? répond Chase, en buvant un peu de bière. Je vois.

— Non, je la corrige, il n'est pas gay, il est non-binaire.

Chase fronce les sourcils.

— Tu veux dire, un genre d'intersexe ?

J'aurais pensé qu'un homme fort et dominateur comme Chase l'aurait jugé davantage. À force de tailler la route avec Atlas, il doit entendre sans arrêt des propos ou des blagues machistes, des vieux stéréotypes et des jugements moralisateurs, non ? Et pourtant il parle en termes tout à fait convenables de la sexualité un peu particulière de David comme si ça ne changeait rien.

Une partie de moi cède encore un peu plus aux charmes de Chase.

— Il n'est pas intersexe, c'est juste qu'il ne se considère pas comme garçon ou fille. Il essaie de découvrir qui il est.

— Alors pourquoi tu le désignes par le pronom « il » ? demande Chase. C'est comme ça qu'il s'identifie ?

Marissa et moi lui lançons toutes les deux un regard aussi surpris l'une que l'autre.

— Quoi ? demande Chase.

— Je suis… simplement surprise par ton ouverture d'esprit, lui expliqué-je.

— On a un mec transgenre chez Atlas, dit-il en haussant les épaules. Bref, je ne juge pas les gens pour ce qu'ils sont. Si ton apparence extérieure ne concorde pas avec qui tu es au fond de toi-même, il vaut mieux faire le nécessaire pour te sentir à l'aise dans ta vie.

Marissa le fixe en toute indiscrétion, et sa mâchoire touche pratiquement le sol.

Complètement estomaquée, je lui réponds :

— Oh, je vois. David se fait toujours appeler « il » en ce moment, parce qu'on est dans une petite ville... Quand il partira à l'université dans quelques semaines, il décidera comment il veut être désigné. Mais je ne sais pas cela dit, David me paraît plutôt androgyne. Voire même pansexuel.

C'est au tour de Marissa de ne plus rien y comprendre.

— Pansexuel ? Je n'ai jamais entendu ce mot jusqu'à maintenant, et ça fait un moment que je suis à Los Angeles, répond-elle en rigolant.

— Ça veut dire qu'il aimerait bien coucher avec Peter Pan ? me demande Chase.

Je le frappe.

— Ne te moque pas de lui.

Mais Marissa et lui gloussent tous les deux. Chase est vraiment en train de glousser, comme si c'était un petit garçon en train de s'éclater. Il est adorable. Vraiment adorable, et son rire est contagieux, aussi. Je me joins à eux et bientôt, nous ressemblons à une bande d'idiots en train de se marrer comme des baleines à ne plus pouvoir en respirer, et mes abdominaux finissent par me tirer.

— Désolée Allie, je ne peux pas m'en empêcher.

Marissa trinque avec Chase et ils terminent tous les deux leur deuxième bière. Je fais de même, pendant que la bière fraîche et pétillante me pique la gorge en descendant le long de mon gosier.

— Tant mieux pour David, ajoute Chase. Les gens devraient pouvoir aimer qui ils aiment et c'est tout ce qui compte. Le plus dur, c'est de trouver la bonne personne.

Il me lance un regard chaleureux et interrogateur.

— C'est reparti pour un troisième coup ? demande

Marissa tandis que son téléphone vibre, ce qui casse un peu l'ambiance.

— Je m'en occupe, déclare Chase en prenant nos bouteilles vides, avant de se diriger vers la cuisine.

Je n'arrive pas à décoller les yeux de son cul lorsqu'il se lève.

— Tu es foutue, me murmure Marissa en regardant son téléphone.

— Oui, dis-je, incapable de répondre autre chose, avant de poser ma tête sur le dossier du canapé en prenant une grande inspiration.

Mes muscles ont l'air mous et détendus pour la première fois depuis des jours. Toutes les petites douleurs et les tiraillements ont cessé. Soudain, tout ce que je pense me semble profond. Tout ce que dit Marissa semble intelligent. Dans tous les regards que me lance Chase transparaît un sens profond qui fait du monde un endroit meilleur.

Il fait chaud ici en plus. J'ai envie d'être nue, au lit, avec Chase.

Tout de suite.

Son regard croise le mien et il ouvre légèrement la bouche comme s'il allait dire quelque chose. Mais il ne dit rien. Il reste planté là, et son regard se fait plus intense à mesure que les secondes passent. Marissa est en train de lire ses messages et ne remarque pas que la température dans la pièce a augmenté d'au moins dix degrés.

Bon Dieu, j'ai bien besoin d'une bonne bière fraîche, là tout de suite.

Lorsque Chase me tend la bouteille de bière et effleure mes doigts avec les siens, je me mets à gémir. Une fois qu'il s'est assis à côté de moi, nous nous touchons des épaules jusqu'aux chevilles et j'ai envie de me fondre entièrement dans son corps. Je veux cesser d'exister en tant qu'être humain à part entière. Je veux que Chase m'absorbe entièrement. Il faut qu'il me pénètre complètement. Chase peut me posséder comme jamais aucun homme ne l'a fait.

Et comme aucun homme ne le fera jamais.

Cela dit, ce n'est pas très correct de se mettre complètement nue en face de sa sœur et de faire ça par terre dans son salon, alors je me contente de boire ma bière, vite. Un peu trop vite.

Je laisse échapper de ma bouche un gros rot qui rendrait fier un mec d'une fraternité universitaire. Je crois que j'ai dû déclencher un petit séisme ici, en Californie, à cause des vibrations.

Chase éclate de rire.

C'est tellement romantique.

Ma peau prend une carnation rose. Je peux véritablement observer le phénomène, car mes avant-bras prennent une jolie teinte sous l'effet du rougissement. Mon corps tout entier semble prêt à s'embraser spontanément à cause de mon embarras.

— C'est pas grave, Allie, me dit Chase.

Marissa nous ignore. Je me sens si dégoûtante, si vulgaire,si…

Un énorme bruit à faire craqueler la terre sort de Chase comme s'il était en train de réciter tout l'alphabet en rotant.

Oh mon Dieu.

Il est vraiment en train de réciter l'alphabet en rotant, mais il s'arrête à J et hausse les épaules.

Nous nous mettons à rire comme des hystériques en nous tordant dans tous les sens.

Bon sang, j'adore la bière. Pourquoi je n'en ai pas bu avant ? Ça aurait rendu la vie à la maison beaucoup plus drôle.

— Je crois qu'il faut que tu t'arrêtes à trois bières, gamine, me dit Chase en faisant glisser ma bouteille, désormais vide, au bout de la table.

Je proteste :

— Je ne suis pas une gamine.

Il glisse sa main à l'intérieur de ma cuisse et ma respiration se bloque dans ma gorge. Le feu ardent qui me parcourt la peau redouble d'intensité.

— Non, Allie, dit-il d'une voix remplie de désir, tu n'es certainement pas une gamine.

Marissa relève brusquement les yeux de son portable et nous dit :

— Trouvez-vous une chambre, vous deux.

Tandis que j'inspire, mes seins gonflent contre mon t-shirt. Mes tétons effleurent le tissu serré de mon soutien-gorge et je me souviens que nous étions dans l'océan il y a quelques heures, tout trempés, avec le sel qui nous collait à la peau. J'ai les mollets qui enflent et je me demande si je ne ferais pas mieux de prendre une douche avant qu'on…

La bouche de Chase se pose si vite sur mes lèvres que je sens sa langue caresser mes dents avant même que je me rende compte qu'il me touchait. Ses doigts, qui s'entortillent dans mes cheveux et m'effleurent légèrement l'arrière de la tête, me donnent envie de me fondre en lui.

— Sérieusement, grommelle Marissa, vous avez une chambre. Il vous faut un plan pour y accéder ?

Chase interrompt notre baiser pour lui murmurer qu'il est désolé, puis il se relève lentement en prenant son temps. Je comprends pourquoi.

Je peux voir, littéralement, pourquoi il s'est levé aussi lentement. Oh mon Dieu.

Il me tend la main et je me relève. La pièce tourne un peu autour de moi. Tout juste assez pour que ça lui donne un air charmant et amusant.

— Ne faites pas de bêtises, dit Marissa, les yeux toujours fixés sur son écran.

Cela me paraît étrange pendant un instant, parce qu'elle

s'est toujours montrée si protectrice envers moi. Maintenant, elle m'invite à aller dans une autre pièce pour coucher avec un mec avec qui elle s'est disputée il y a une heure.

L'attraction magnétique que je ressens pour Chase efface complètement Marissa du tableau. Il exhale chaleur et légèreté, attirant tout le poids de mon corps à la façon d'une force gravitationnelle. Il me fait chuter et je ne peux m'en détacher.

Je ne veux pas me détacher de lui. Il représente ma destination finale, ma maison.

Mon havre de paix. Dans ses bras, je suis libre et en sécurité.

Il m'encercle la taille du bras et nous marchons, comme des automates, jusqu'à la chambre où nous allons passer ces prochaines heures à découvrir à quel point nous sommes réellement libres.

11

*C*hase tire fort sur la porte et celle-ci se referme. Le cliquetis du verrou qu'il tourne entre ses doigts me donne l'impression qu'un autre verrou à l'intérieur de moi a sauté et s'est ouvert. Le grand mystère de mon identité est vraiment sur le point d'être révélé.

Au fil des baisers.

Je n'avais jamais vu d'homme me regarder de cette façon auparavant. Certains hommes m'ont déjà lancé des regards affamés. Ils m'ont déshabillée des yeux. Ils m'ont fusillée du regard parce que je les avais ignorés. Il y a même déjà eu des hommes qui ont fait semblant de m'embrasser de loin, comme si cela me donnerait soudainement envie de coucher avec eux.

Tous ces yeux qui se sont posés sur moi au bar de Jeff, dans les rues de ma ville natale, à l'épicerie, à la bibliothèque et même au lycée, et pas une seule paire d'yeux qui n'ait laissé transparaître la passion qui se lit dans ceux de Chase.

Il y a de l'amour dans son regard, mais quelque chose d'autre également.

Un besoin viscéral.

Il ne peut pas vivre sans moi. Il ne pourra pas supporter de passer une seule seconde de plus sans me toucher.

Ses yeux m'en disent long.

Et ses mains vont me préciser tous les détails de ce qu'il cherche à me dire.

J'ai peur, mais je ne suis ni effrayée, ni terrifiée. Je ne suis pas morte de trouille, j'ai juste *peur*. Peur d'éprouver des sentiments un peu trop profonds pour lui. Peur d'aimer un peu trop ce que l'on s'apprête à faire. Peur de croire que tout ceci est bien réel.

Peur de lui donner la clé de mon cœur si c'est pour qu'il s'enfuie avec.

Le problème quand on a toujours peur, c'est qu'on ne vit jamais vraiment. La peur vous prend au piège et vous enferme comme dans une cage. Votre propre esprit s'improvise geôlier.

Pendant toutes ces années j'ai cru que Jeff était mon geôlier. Je croyais que c'était lui qui m'empêchait de vivre pleinement ma vie.

Il s'avère que ce geôlier, c'était moi.

La main de Chase est tellement ardente qu'elle me brûle le coude lorsqu'il me caresse le bras. Je pourrais passer ces quatre-vingts prochaines années à mémoriser les traits de son visage. La façon qu'a la peau sur ses joues de se plisser comme si elle pouvait me comprendre, ou la façon dont ses lèvres se radoucissent d'envie à mesure que ses yeux suivent le tracé de ma mâchoire.

Le parfum de notre désir reste suspendu entre nous dans cette étrange petite pièce. Il se déplace et réduit à néant l'espace entre nous, nos lèvres pressées les unes contre les autres, l'ourlet de son t-shirt écrasé contre mon nombril. Lorsqu'il se penche pour m'embrasser, je sens l'odeur de la route, du passé, de l'avenir, et puis j'y goûte. Ses lèvres tendres et dures à la fois me disent tout ce que j'ai besoin de savoir.

Il saisit ma lèvre inférieure entre les siennes et la lèche doucement. Ma coupure me fait un peu mal, mais il se montre si doux. Puis Chase ouvre la bouche et sa langue vient trouver la mienne. Mes mains savent quoi faire à présent, et je tire sur l'ourlet de son t-shirt pour le sortir de l'élastique de son jean. Oh, mon Dieu, sa peau est tendue et belle, chaude et parée à l'action. Il ramène le bas de son dos vers moi, échappant à ma paume de main qui cherche son contact et s'écrasant un peu plus contre mon bas-ventre.

Son érection énorme appuie contre la fermeture éclair de son jean. Nous entendons une voiture klaxonner au loin, bruyamment et avec insistance, et tandis qu'il titille mon lobe d'oreille du bout des doigts, j'entends des gens se hurler dessus. Ce n'est pas le cadre le plus idyllique, mais je m'en fiche.

Il se recule, le souffle coupé. Le halètement de sa respiration se fait plus fort, insistant, même exigeant. Il se tourne et fouille la chambre, déterminé à trouver quelque chose. Il saisit à bout de bras une petite radio et trouve une station qui diffuse du jazz, en quelques secondes. Les notes lentes, presque surnaturelles évoquent un mélange de passion et de mystère, et se déversent dans la pièce comme un liquide.

Une partie de moi chauffe et s'humidifie, tout est fluide et parfait. J'ai l'impression que mon sang se charge de diffuser le plaisir à travers mon corps. La sensation de Chase qui me touche est la cause de ce plaisir et ses mains douces et baladeuses se font plus fermes désormais. Il saisit mes fesses dans la paume de ses mains et me relève d'un coup, pour m'indiquer que je dois passer mes jambes autour de lui. Je suis mon instinct et obéis, son pelvis dur appuyant contre la partie de mon corps qui le désire le plus.

Il n'arrive plus à être doux, à être tendre. Ses mains se

précipitent le long de mon dos, défaisant les agrafes de mon soutien-gorge et relevant mon haut, puis il met un genou à terre pour tâcher de garder l'équilibre et me pousse sur le lit. La musique s'évanouit et nous sommes comme le feu et la glace, le chaud contre le froid. Il passe sa bouche autour de mon téton et je me cambre, suppliant et l'appelant par son nom d'un halètement pressé.

Alors qu'il m'observe, l'air sombre et sérieux, je lui murmure :

— J'en veux plus.

Je retire mon haut et mon soutien-gorge puis saisis son t-shirt, avant de le relever et de l'attirer vers moi. Je veux que chaque centimètre de notre peau se touche. Chaque centimètre, chaque pore, chaque endroit aussi petit soit-il.

Le moindre de nos souffles s'accorde à l'unisson. Mes seins appuient contre ses pectoraux, chatouillés par les poils de son torse, et tout s'accélère. Il m'embrasse le cou, l'épaule, les tétons, les côtes, et ses mains sont partout. Je ne ressens plus rien qu'une sensation intense.

— Je pourrais me perdre en toi, murmure-t-il contre mon nombril, ses mains s'affairant à déboutonner mon jean. Plonger en toi, Allie, et oublier le monde entier. Mais je pense que je finirais aussi par me trouver. Je serais prêt à abandonner tout ce que je connais si ça voulait dire que je peux être avec toi. Tu es la seule personne avec qui je veux être.

Je l'entends, vraiment. Ses paroles me font l'effet d'une décharge électrique et je veux entendre le reste de ce qu'il a à me dire. Je veux qu'il parle à mon âme.

Mais je le *ressens* encore plus.

Il glisse ses mains musclées sous mes fesses, agrippe mon jean à l'aide de ses pouces et il le fait descendre d'un geste brusque jusqu'à mes genoux – il est rapide et ses nerfs sont à vif – avant de le faire glisser de plus en plus bas, jusqu'à mes chevilles.

Il a aussi enlevé ma culotte.

Je suis entièrement nue face à lui, couchée sur la couverture du futon, les lumières encore allumées dans la chambre. J'ai la peau qui me tiraille et des frissons me font tressaillir alors qu'il se déshabille lui aussi avant de me rejoindre. Son corps est si bien dessiné. Ses tatouages, dont j'avais dessiné les contours lorsque nous étions seuls dans sa cabane dans le désert, sont comme de vieux amis que je n'ai pas vu depuis longtemps. J'ai tellement envie de le toucher que mes doigts me démangent, alors je prends mes aises. Je prends la liberté de penser qu'il m'appartient et que j'ai le droit de le toucher.

Et je suis à lui, pour toujours.

Ma peau a l'air si douce par rapport à la sienne, si pâle et nacrée, même avec tous les bandages qui la zèbrent. Chase me donne l'impression d'être petite et fragile, mais aussi forte et capable de m'assumer. Dans la chambre qui s'assombrit, je sens un courant électrique entre nous, et vois miroiter l'air qui nous sépare. Nous ne sommes plus qu'un mélange d'énergies liquéfiées, de chair brûlante et nous brûlons l'un pour l'autre.

Il se redresse en position assise et prend appui sur ses genoux, son corps puissant me forçant à le contempler. Ses larges épaules sont couvertes d'un tatouage caractéristique d'Atlas et d'un dessin de dragon. Son torse est imposant et musclé, et toutes les courbures fines qui soulignent sa puissance semblent épouser la forme de ses os, un peu comme une aire de jeu en relief, pour le plus grand plaisir de mes yeux.

Je pourrais le regarder pour toujours sans jamais m'en lasser.

Il me lance un sourire en coin et remonte ses deux mains posées sur mes hanches pour venir me saisir les seins.

— Tu sais, si tu n'étais plus vierge, peut-être qu'El Brujo ne voudrait pas de toi.

Ces mots me font l'effet d'un seau d'eau glacée déversé sur mon corps. Ma respiration se coupe un instant, la pression de l'air contre ma gorge me procurant une sensation quelque peu apaisante. Si je recommence à respirer, je devrai m'y confronter.

Je finis par retrouver ma voix. Elle était enfouie sous mon désir, qui diminue quelque peu. Je ne veux pas qu'il faiblisse, je ne veux pas que tout cela prenne une tournure bizarre, mais nous voilà engagés sur cette voie.

Je plaisante :

— C'est la pire phrase de drague qu'aucun homme ne m'ait jamais dite.

À l'intérieur de moi, je commence toutefois à ressentir des picotements d'angoisse. Pourquoi me parle-t-il d'El Brujo ? Ça plombe complètement l'ambiance.

— Mais c'est la plus honnête, non ?

Ses sourcils s'affaissent. Il ne les fronce pas vraiment, mais il est en train de réfléchir intensément. Il plaque sa cuisse contre la mienne tandis qu'il me grimpe dessus pour m'embrasser. Ses lèvres sont douces et… tiens donc.

Je suppose que la vérité sonne on ne peut plus *vraie* parfois, n'est-ce pas ?

J'avale ma salive avec difficulté et essaie de mettre de l'ordre dans mes pensées. C'est plus facile à dire qu'à faire lorsque vous vous retrouvez avec un mètre quatre-vingt de perfection sexuelle absolue étendue au-dessus de vous. Mon désir monte de nouveau. Et pourtant…

Je clarifie :

— Mettons les choses au clair. Tu me proposes de coucher avec toi maintenant pour m'empêcher d'être revendue ?

J'essaie de dire tout cela sur un ton léger mais les mots restent coincés dans ma gorge et j'ai la voix qui tremble.

— Si tu n'es plus vierge, El Brujo ne voudra pas de toi.

Oh bon sang, il est sérieux. Ses yeux ont une expression concentrée, calculatrice, et remplis d'une bonne dose de désir.

Je lui lance un regard débordant de sarcasme et me rassois. D'un coup, je n'ai plus envie d'être nue. Alors que pourtant j'en mourais d'envie il y a une minute. Avant que Chase ne commence à parler de tout ça.

Je lui demande :

— Et tu te portes volontaire pour faire ce genre de sacrifice ? Coucher avec moi pour que la marchandise soit souillée ?

J'ai l'impression qu'on marche sur des éclats de verre. Personne ne saigne pour l'instant, mais c'est seulement parce que nous prenons nos précautions.

Il hausse les épaules, comme s'il faisait montre d'humilité.

— Si ça peut me permettre de contribuer à l'humanité, je suis volontaire pour faire le sale boulot.

Sale comment ?

Il lève un sourcil. Putain, je l'ai dit tout haut, non ? Je me mets à rire, d'un rire grave et éraillé, ce qui m'impressionne. Ce n'est pas mon rire normal, je ne rigole pas comme ça.

Et certainement pas lorsque je suis étendue, nue, sous un homme aux charmes magiques comme Chase.

— Je t'ai contrariée, affirme-t-il en plissant les yeux.

Il passe sa main un peu abîmée dans ses cheveux dorés.

— Bon sang Allie, je suis désolé. J'étais un peu nerveux et mon esprit a commencé à s'affoler. Toutes ces conneries à propos d'El Brujo, de ce que Jeff avait prévu de te faire… tout s'est mélangé dans ma tête, mon sang n'a fait qu'un tour, et puis… merde.

Il serre les poings, tirant le tissu de la couverture entre ses doigts. Chaque fois qu'il prend une inspiration, les reliefs durs de sa poitrine se gonflent puis se dégonflent lorsqu'il laisse échapper des expirations frustrées.

Je le réconforte :

— Ça va.

Je ne peux m'empêcher de le dévorer des yeux. Il m'hypnotise à la vue de sa peau.

— Non, ça ne va pas.

Sa voix est entrecoupée d'accès de rage. Il reprend :

— Cet espèce de barbare avait prévu de se servir de toi pour rembourser une dette. Ça ne lui a posé aucun problème de vendre ton corps et ton âme à un type qui pourrait te torturer.

Ces deux derniers mots lui sortent de la gorge d'une voix étouffée.

Oh, il semblerait que l'ambiance soit réellement plombée maintenant.

— Chase … Chase ! lui dis-je d'un air pressant en lui prenant la main.

Mes seins bringuebalent alors que je me rapproche de lui, et ça me paraît si naturel d'être nue à ses côtés. De bouger, de parler, de se comporter d'une façon on ne peut plus humaine. Ce n'est pas seulement sexuel – nous avons tous les deux un corps qui doit apprendre à communiquer.

Il me regarde avec une telle intensité que je manque de me fondre dans le lit.

— Je suis saine et sauve grâce à toi, dis-je, et il relâche ses épaules. Mieux que saine et sauve, je suis un être à part entière, ancrée dans la réalité, à l'état brut et prête à affronter tout ce que l'avenir nous réserve.

Il me caresse les lignes de la main avec son pouce, et cette sensation de fondre se meut bientôt en celle d'être chauffée à blanc.

Entre mes jambes.

— Tu as fait ça pour moi, Chase. Tu as appris toute la vérité sur ce que Jeff avait prévu de faire de moi. Tu es venu me sortir de là. Tu m'as emmenée ici pour voir ma sœur et pour m'aider à décider ce que je ferai ensuite.

Ses yeux s'assombrissent et prennent une couleur caramel.

Je me sens toute timide d'un coup mais je décide de continuer quand même.

— Tu m'as dit que tu voulais qu'on vive ensemble, ici, à Los Angeles. Tu veux qu'on soit ensemble pour suivre nos chemins de vie respectifs.

Il se dresse sur ses genoux et me force à me redresser aussi. Nos ventres se touchent.

— Avec toi, je me sens aimée, Chase, dis-je d'une voix haletante.

L'émotion m'emplit à la fois les yeux et l'esprit, affluant dans mes veines. Je n'arrive pas à la contenir, elle est trop forte.

— Personne d'autre que ma mère et Marissa ne m'ont donné le sentiment d'être aimée, et pas autant que ça. Il n'y a que toi qui as réussi à faire ça, Chase.

Il baisse la main et essuie une larme qui coule le long de ma joue.

— Allie, dit-il.

L'émotion dans sa voix transparaît de manière claire et nette. Tandis qu'il se baisse pour m'embrasser, faisant tournoyer le monde autour de moi, je répète :

— Que toi.

Ses mains et ses lèvres se font douces à nouveau, même si son érection dure comme la pierre est déjà revenue, appuyant contre nos abdominaux tandis que nous nous prenons dans les bras.

— El Brujo ? caquète-t-il d'une voix éraillée. Lorsque Quebec et papa étaient assis là, et que je les ai entendus décrire avec précision ce que ton beau-père avait prévu de faire de toi, je n'ai pas supporté d'entendre ça. Ils disaient ça comme si c'était une affaire conclue, comme si tu étais l'objet d'une... espèce de transaction.

Il crache ce dernier mot comme si sa bouche était pleine de dents cassées.

Un gémissement aigu me vient du fond de la gorge. Le fait de concevoir ce que Jeff a failli faire de moi prend toute sa dimension d'horreur dans mon esprit.

— C'est un salopard fini, Chase. Mais tu as réussi à l'arrêter.

— Ah bon ? Comment on peut en être sûrs ?

Quelque chose tracasse Chase. Il fronce les sourcils et je recule, en caressant du bout des doigts la peau plissée de son front.

Tout en l'embrassant à cet endroit, je murmure :

— Je suis là, hein ?

Il garde la tête baissée.

— Pour l'instant, ajoute-t-il.

En glissant ma main en-dessous de sa mâchoire pour qu'il m'embrasse, j'insiste :

— Pour toujours.

J'ai de l'audace maintenant. Je veux qu'il comprenne que ces sentiments sont réciproques. Je désire Chase autant qu'il me désire. Toute la bière que nous avons bue tout à l'heure a cessé de me faire effet, et j'ai soudain envie d'aller aux toilettes.

Perdre ma virginité avec Chase s'avère bien plus complexe que je n'aurais jamais pu l'imaginer.

12

Il parcourt la pièce des yeux comme s'il la voyait pour la première fois. Puis il scrute attentivement mon corps nu ainsi que le sien. Chase émet un petit rire bizarre.

— Tu vas penser que je suis complètement fou, Allie, mais j'ai pensé à un truc.

— Quoi ?

— On se tire d'ici.

Une profonde déception s'empare de mon corps.

— Tu veux partir ?

Je devrais plutôt dire *tu n'as plus envie d'être nu ?* mais je n'ai pas le courage de lui sortir ça.

— Je veux retourner à la plage avec toi, m'annonce-t-il en embrassant mon téton avec un entrain qui m'envoie une décharge électrique dans le corps.

Chase se lève et enfile grossièrement son jean et son t-shirt. Je remarque qu'il ne remet pas son caleçon. Hum… il tient vraiment à ne pas porter de sous-vêtements à moto ?

Il est plus courageux que je ne le croyais. Je m'écrie :

— La plage ? Maintenant ?

Je regarde le réveil dans la pièce. Il est minuit trente-neuf.

— Maintenant, dit-il en saisissant une couverture miteuse dans le coin de la pièce et en faisant un signe de tête en direction de ma pile de vêtements.

— Habille-toi, m'ordonne-t-il.

Je me sens si confuse. Est-ce qu'il veut coucher avec moi ou pas ? Je me lève et vais jusqu'à lui sur la pointe des pieds. Je plaque ma bouche contre la sienne. Elle est brûlante et furieuse. Je ne comprends pas ce gars mais je sais une chose :

On ne sortira pas de cette pièce.

Toute ma réserve s'est évaporée, et ma peau nue frotte contre le tissu rêche de son jean. Chase gonfle la poitrine tandis que je le caresse sous son t-shirt avec mes paumes de mains. Je fais glisser mes doigts jusqu'à la base de son cou, mes tétons appuyant contre le tissu fin de son t-shirt.

Mon ventre, mis à nu, vient se coller contre la fermeture de son jean.

— Hmmm… marmonne-t-il contre mes lèvres.

Alors que ma main descend de plus en plus bas, son grommellement se fait plus fort.

Je lui souffle à l'oreille :

— On n'ira… nulle part.

— La plage, au clair de lune. Toi, nue et étendue sous les étoiles, avec les vagues qui viennent s'écraser au loin sur le sable, dit-il d'une voix à demi lascive, qui ressemble à un grognement.

— La prochaine fois, lui dis-je pendant que mes doigts déboutonnent son jean et le font glisser le long de ses hanches.

J'ai tellement envie de lui, au diable El Brujo. Je ne laisserai ni Chase, ni Jeff, ni un quelconque baron de la drogue mexicain décider de ce qui est bien pour moi. Nous allons procéder par étapes, souffle après souffle, baiser après baiser, caresse après caresse, et tout de suite.

Commençons par le commencement. Chase est bien trop habillé pour ce qui va se passer.

Oh… nous y voilà. En l'espace de trois secondes, il est à nouveau nu.

Parfait.

Je ne sais pas trop comment je me suis retrouvée dans cette position, mais je suis sur le dos, allongée sur le futon, et le souffle chaud de Chase me chatouille l'intérieur des cuisses, ses lèvres chaudes si près de ma peau qui me tiraille. La chair tendre et rosâtre de mon sexe commence à palpiter, et mon passage s'est humidifié sous l'effet de mon propre désir.

— C'est moi qui commande, Allie, murmure-t-il contre ma jambe.

C'est comme si ses paroles émettaient de légères vibrations, telles des doigts qui exploreraient les replis de ma peau.

— Tu as envie de moi ? Je suis là. Tu as envie de me toucher ? Dommage, me dit-il à voix basse. C'est à mon tour d'abord, c'est moi qui ai le contrôle. Il faut juste que tu t'allonges et que tu te laisses aller.

— Mais je…

Sa voix se fait légèrement piquante tandis qu'il écrase ses paumes de mains contre mon ventre et remonte, serpentant le long de mon corps pour venir me tordre un téton du bout de ses doigts bruts.

— Il n'y a pas de mais. Tu as envie de moi, et moi de toi. La dernière fois, je t'ai laissé tout gérer. Cette fois, Allie, c'est moi qui commande.

Là-dessus, il plonge sa langue dans les replis de mon sexe, et à chaque coup de langue qu'il me donne, chaque mouvement, chaque fois qu'il me lèche voluptueusement, j'ai l'impression de monter droit au paradis.

J'enfonce mes mains dans ses cheveux. Je prends une

grande inspiration supposée me donner de la force, mais mon souffle se trouve brusquement coupé alors même que sa façon tendre de me toucher devient brutale et sensuelle. Ses intentions sont claires, Chase va me donner du plaisir, que ça me plaise ou non.

Je ne sais comment, mais nous avons changé de perspective et sommes passés d'une exploration innocente à un jeu érotique assuré. Je suis prête, mon corps est excité et prêt à exploser, mon sang afflue à toute vitesse dans mes veines et chaque cellule de mon corps a envie de crier le nom de Chase. Lorsqu'il s'amuse à jouer avec mes seins du bout des doigts, et que sa langue et ses lèvres me caressent et me narguent, j'ai l'impression que mon corps, éparpillé en des centaines de milliers de petits morceaux de chair, se recompose en une seule entité.

Il me pénètre avec son doigt et je me crispe, surprise par la sensation procurée. Elle se couple à celle de sa langue et le sang me monte à la tête, comme un raz de marée. Puis cette vague de plaisir redescend d'un coup, j'en ai la tête qui tourne. Tout a pris notre odeur, l'odeur de Chase, celle de la route, ma propre sueur, la fragrance musquée de nos corps, l'odeur de ce qu'il éveille chez moi.

Mes yeux assimilent l'obscurité extérieure, les lumières floues que j'aperçois à travers nos mouvements, les cheveux de Chase, sa peau nue. Chacun de mes sens s'enflamme à mesure qu'il me donne du plaisir, encore et encore. Je dois maintenant apprendre à recevoir sans limite, et je crois être une très bonne élève pour ça.

Je pourrais suivre ce genre de cours pour toujours, et étudier jusqu'à avoir vingt sur vingt à chaque fois.

Le rythme s'accélère et je me cambre toujours plus, mes hanches s'écrasant contre sa bouche. Je lâche ses cheveux et lève les mains, car il faut absolument que je m'accroche à quelque chose, n'importe quoi qui fasse office d'ancre. Mon corps est prêt à entrer en lévitation, il me faut à tout prix saisir quelque chose. À force de me toucher, Chase va me faire avoir un orgasme et je vais exploser en un millier de petits morceaux. Je dois au moins garder un pied à terre.

Je finis par exploser. Mes hanches se contractent d'un coup sec et j'essaie de m'arracher à lui en gémissant, mais il ne veut pas me laisser faire. Je serre les dents et sens mon cou se tendre, se contracter. J'ai conscience de ce que je ressens mais je me laisse aller rapidement à mesure que le torrent d'émotions et de sensations m'emporte. Je suis happée par les grandes vagues de la sensualité et je me laisse flotter sur l'eau en laissant ces courants violents m'emmener à la dérive.

Quelque part, au loin, j'appelle Chase. Je crie son nom avec passion, submergée par l'explosion intense qu'il a provoquée en moi.

Tandis que mon corps scintille de sueur et se met à trembler pour redescendre de ce pic de plaisir, Chase remonte, ses cuisses à proximité de ma tête. Sans un mot, je lève la main et enveloppe mes doigts autour de sa verge endurcie, pour lui permettre de ressentir davantage les choses. Ses yeux sont comme voilés de mystère. Je n'ai pas de doute quant à ce qu'il désire.

Et je vais le lui donner, en toute certitude.

La peau qui recouvre son érection dure comme la pierre, douce et flexible, ressemble à du velours un peu sec. J'ouvre la bouche et tire la langue pour lécher la verge. Chase laisse échapper un râle et j'en ressens les vibrations en refermant mes lèvres sur lui. Je suis suffisamment remise de mes blessures pour que ça ne me fasse plus mal du tout. Même pas un tout petit peu.

En réalité, ça me procure une sensation agréable. Géniale. Affreusement excitante. Je n'ai jamais eu conscience d'un tel pouvoir dans ma main et dans ma bouche.

Je n'ai jamais compris que j'étais capable de provoquer quelque chose de pareil.

Chase se saisit de ma mâchoire et me glisse la main dans les cheveux en se penchant en avant pour s'enfoncer plus profondément dans ma bouche. C'est moi qui commande à présent, mon poing entourant la base de son sexe. Ses yeux restent fermés, il est concentré sur ce qu'il ressent. Je n'arrive pas facilement à le regarder et à faire ça en même temps, alors je glisse ma main vers le haut en l'humidifiant un peu, et je retire ma bouche pour laisser place au mouvement de ma main mouillée pour faire monter l'excitation.

Il émet un bruit qui vient se nicher droit dans mon cœur.

Je lui donne moi-même l'un des plus grands plaisirs que peuvent partager deux personnes. Son corps se crispe et il bouge légèrement. Je le reprends avec ma bouche, mouillée et lâche, en lui titillant le gland du bout de la langue.

Il se cambre vers l'avant et se retire, ce qui me surprend.

— Je veux que tu me chevauches, m'annonce-t-il.

D'un coup il est sur le lit et je me retrouve au-dessus de lui, nos corps pratiquement collés l'un à l'autre ; il n'est qu'à quelques centimètres de pouvoir me pénétrer.

Il nous a complètement retournés sans que je sache comment. Tout ce dont je dispose, c'est du souvenir étourdissant de sa puissance animale brute, ainsi que du besoin que j'éprouve intérieurement d'en obtenir encore plus. Plus de coups de langues, de caresses, de chaleur, de soupirs et …

— Tu préfères me prendre dans ta bouche ou que je te pénètre, Allie ? me demande-t-il.

Je crois que c'est la dernière question que Chase me posera ce soir.

— Je veux te donner ce que tu veux.

Je me baisse de quelques centimètres, ma joue collée contre son nombril, et je lèche la paume de ma main.

Lorsque mes doigts se referment autour de lui, il laisse échapper un sifflement féroce à travers ses dents.

— J'ai envie de toi.

— Je sais.

Je me sens un peu perdue à présent. Je veux faire ma première fois avec lui, mais je ne sais pas si je me sens prête. J'aime sentir contre moi sa peau lisse et douce, sa tendresse et sa façon de me narguer, ce sentiment de puissance et ce plaisir. Est-ce qu'il faut vraiment qu'on fasse l'amour jusqu'au bout ? Est-ce qu'il faut mettre la question de ma virginité sur la table maintenant ?

Est-ce que je peux me contenter de faire l'expérience de tout ça sans me sentir obligée de *le* faire ?

Il semble y avoir des règles tacites que je ne connais pas.

Il prend une grande inspiration et fait le même bruit qu'une moto qui rebondit sur des graviers éparpillés.

— Ce qu'on fait, c'est bien. Même mieux que bien, dit-il en descendant la main pour me caresser les cheveux. Continue, ta bouche est aussi douce qu'une fourrure de vison humide.

Ma bouche me fait défaut. Je ne suis pas très sûre de moi et je ne sais pas ce que je suis censée faire précisément. En l'espace de quelques secondes, Chase m'indique clairement que je fais bien les choses.

— Oh, bon Dieu Allie, je suis si près de venir.

Près ?

Je suis au-dessus de lui, recouvrant son sexe avec ma bouche tandis que mes doigts l'empoignent. Mes sens frottent contre les poils drus qui lui recouvrent les jambes, et j'ai les jambes écartées de chaque côté de ses genoux, mon sexe mouillé exposé à l'air libre.

Il se cambre comme je l'ai fait, et l'expression de son visage change.

— Plus vite, me dit-il.

J'accélère, surprise de pouvoir provoquer cet effet chez lui.

Il se contracte brusquement, puis un liquide chaud m'emplit la bouche, et je comprends ce qu'il se passe.

Oh, oh.

Oups.

Alors c'est de ça que parlaient tous ces articles de magazines, ces fils de discussion sur les forums, et toutes ces conversations sous cape au lycée.

C'est ça que ça fait lorsqu'un homme a un orgasme dans votre bouche. C'est peut-être la deuxième fois que nous faisons ça ensemble, mais il y a quelque chose dans ce degré d'intimité qui semble donner au sexe une dimension encore plus magistrale, plus réelle.

Plus authentique.

Le goût est très différent de ce à quoi je m'attendais, mais l'excitation que me procure le fait d'avoir pu amener Chase jusque-là est tellement fantastique que je n'en ai pas grand chose à faire. Je continue de bouger rapidement ma main. Je veux être sûre que ce soit aussi agréable pour lui que ça l'a été pour moi il y a quelques minutes.

Ce genre de ravissement, c'est quelque chose qu'on a envie de partager avec la personne devant laquelle on se dénude pour la première fois de sa vie.

Il attrape ma main fermement, d'une poigne d'acier.

— Arrête, s'étouffe-t-il, c'est bien comme ça. Non, vraiment, Allie.

Il émet un petit rire guttural et je m'arrête, un peu inquiète. Est-ce que je lui ai fait mal ? Je retire ma bouche et me tords un peu pour pouvoir bouger, en avalant le tout instinctivement.

J'essaie de ne pas tout recracher. Ce n'est pas que ce soit mauvais, mais juste inattendu. Un genre de rite de passage, à en croire tous les gloussements et les potins que j'ai entendus dans les toilettes des filles au collège et au lycée.

— Est-ce que tu… oh.

Il devient étonnamment silencieux, son corps agile et autoritaire alors qu'il se déplace, en me faisant signe de venir m'allonger et me blottir contre son torse.

— Viens là. Merci.

Il tend le bras vers moi et je me penche, submergée par un bâillement qui conduit ma cage thoracique à s'étendre, mes orteils à pointer vers le haut et mes mains à se lever au-dessus de ma tête.

Les mains chaudes de Chase se promènent partout sur mes seins, mon ventre, mon diaphragme.

— C'est super. Comme si j'avais eu droit à un buffet d'Allie à volonté et que j'étais le seul client.

Je grommelle :

— C'était tellement nul.

— Au contraire, c'était génial. Tu as fait ce truc avec ta langue, et au début…

Il me regarde en levant un sourcil et ajoute :

— Tu es sûre que tu n'as jamais fait ça avant ?

J'émets un bruit bizarre venu du fond de la gorge et me mets à tousser. En faisant ça, j'ai l'impression de le goûter encore une fois.

— Je te jure que tu es le seul que j'ai touché, et même goûté.

Il sursaute.

— Sérieusement ?

— Je te l'ai déjà dit, marmonné-je entre les poils de son torse, la joue posée sur l'aile du dragon de son tatouage. La première fois qu'on a fait ça ensemble.

— Il y a une grosse différence entre le fait qu'on nous informe de quelque chose et le fait de constater la chose de ses propres yeux, dit-il en poussant un long soupir. Je n'avais pas pensé être le premier à te faire vivre tant de choses à la fois.

Il y a un long silence avant qu'il ne recommence à parler.

Il finit par briser ce silence en disant :

— Merci.

J'esquisse un mouvement de surprise.

— Pour quoi ?

— Pour m'avoir fait suffisamment confiance pour être le mec de toutes les premières fois.

Je me blottis tandis que Chase se tourne et pivote pour dégager le drap du lit et le tirer sur nous deux. Une vague d'extase immense mélangée à une incroyable fatigue me submerge. Il se positionne sur l'oreiller et je me détends tout contre lui, ma joue posée contre son cœur battant et mon corps qui se ramollit, tandis que je lui murmure :

— Merci de m'avoir suffisamment aimée pour être l'homme de ma première fois.

13

*J*e me réveille et mon corps semble étrangement collant et sec sous les draps. Je ne dors jamais nue à la maison, absolument jamais. Me réveiller dans le lit, blottie contre Chase semble un nouveau…

Attends une seconde.

Où est Chase ?

Je me retourne du côté opposé au mur et essaie de poser ma main derrière moi. Le lit est vide. Je me retourne complètement et aperçois deux petits yeux bleus me regarder intensément.

Un léger cri de surprise me sort de la gorge, d'une voix éraillée. Un minuscule petit garçon aux boucles rousses, enroulées comme des ressorts et de pâles yeux jaunâtres me regarde fixement. Je sais que c'est un petit garçon parce qu'il porte une cape de Superman et rien d'autre.

— Tu t'appelles comment ? me demande-t-il.

Est-ce que Chase a rétréci par magie hier soir pour se transformer en une réplique miniature de Morty ?

— Euh… Allie. Et toi, qui es-tu ?

— Josh-ie. Je veux un lait chocoté ! crie-t-il.

Marissa passe à toute vitesse devant la porte ouverte de la chambre et réapparaît d'un coup en faisant marche arrière dans le couloir et en regardant dans la pièce par deux fois.

— Ah, tu es là, s'exclame-t-elle en se penchant pour prendre dans ses bras le petit garçon. Elle le tient contre sa hanche et baisse les yeux.

— Où est ta couche ?

— Moi pas vouloir couche, veux lait chocoté ! dit-il en poussant un cri perçant.

Le son est si aigu qu'il pourrait faire tomber des arbres.

— D'accord, d'accord, dit Marissa en lui cédant. On va aller chercher ta couche et ton lait chocolaté.

Elle le repose par terre et il repart à quatre pattes. Elle avance jusqu'à la porte et se retourne.

Je lui demande :

— Qui c'est ?

— Tu te rappelles que je t'ai dit que la situation était compliquée avec Morty ?

— Oui, dis-je en l'écoutant à moitié, et en parcourant la pièce des yeux.

Les vêtements de Chase ne sont plus là.

— Voilà ce qui complique les choses. Joshua, le neveu de deux ans de Morty.

Elle repart rapidement, et j'entends quelque chose tomber, puis la voix de Marissa qui râle tandis que Joshua pleure.

Ouh là, tout devient de plus en plus bizarre. Le neveu de Morty ?

Et où est Chase ?

Je m'assois en tirant le drap jusque sous mes bras au cas où quelqu'un d'autre déciderait de s'incruster dans la chambre. Qui sait, peut-être que le Pape a prévu de nous rendre visite. Puis mes yeux se posent sur un petit bout de papier plié par terre, juste à côté du lit.

Il y a mon nom dessus.

Un sentiment terrifiant et effrayant m'envahit du fond des tripes. Non, pas ça. Pas une lettre d'adieu, j'espère. J'ai assez lu comme ça d'histoires de filles qui se sont fait larguer par SMS, par lettre ou par téléphone – la liste n'est pas exhaustive – pour considérer cette situation avec un sentiment absolu de terreur, juste à cet instant. Peut-être que Chase me quitte parce que je n'ai pas voulu aller jusqu'au bout hier soir. Peut-être que j'ai fait le mauvais choix.

Ma gorge se remplit de larmes, elle en devient douloureuse. J'ai mal à cause de lui. C'est donc à ça que ressemble la tristesse d'un lendemain de soirée torride ? Est-ce qu'il existe un terme pour dire qu'on aurait bien aimé aller plus loin avec quelqu'un, d'ailleurs ?

Je déplie tout de même le petit mot, puisqu'il semble que je n'aie pas d'autre choix de toute façon.

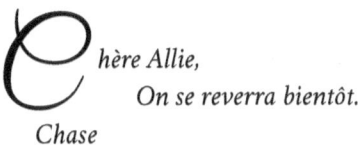

hère Allie,
On se reverra bientôt.
Chase

C'est tout ? Rien que ça ? Il m'abandonne et me laisse un petit mot obscur qui ne veut rien dire ? Un millier d'émotions me traverse l'esprit en l'espace de dix secondes. La plus forte émotion que je ressens est un sentiment d'horreur. Il m'a lâchement laissée tomber après la nuit la plus passionnée et intime de ma vie. Mes mains commencent à trembler et je suis prise de convulsions au niveau de la taille.

Le départ de Chase me frappe de plein fouet. Je n'arrive pas à croire que je me suis réveillée nue dans le lit de quelqu'un d'autre avec un bambin qui me fixait du regard. Je suis seule et Chase a mystérieusement disparu. Je me demande si tous ces messages sur son téléphone, tous ces textos, avaient quelque chose à voir avec ça. Est-ce que son père était en train de le harceler ? Est-ce qu'il s'est passé quelque chose avec Atlas ? Ma tête tournoie dans tous les sens tandis que j'essaie de m'expliquer pourquoi ce lit est vide.

Ça n'a pas de sens, c'est ça le problème. Si ça pouvait s'expliquer, je ne ressentirais pas cette sensation qui me dévore de l'intérieur.

— Viens, dit Marissa en frappant deux fois depuis le seuil de la chambre.

Elle court à toute vitesse après Joshie et me rappelle :

— On va prendre un café.

Un café. Je me lève et referme rapidement la porte avant de me retourner. Mes vêtements gisent en tas sur le sol, et mes yeux se remplissent de larmes. Après une nuit comme hier soir, pour quelle raison est-il parti ?

Le mot qu'il m'a laissé est si simple. Trop simple. Qu'est-ce que je suis censée faire ? Je suis coincée ici sans aucun moyen de rentrer à la maison. Je n'ai pas de boulot et seulement un peu plus de trois cents dollars en poche.

Les larmes coulent sur mon visage et me tombent sur la poitrine, descendant le long de ces mêmes seins que Chase a touchés hier soir. J'essuie ces larmes ainsi que toutes celles qui ruissellent de mes yeux. En redressant mes épaules, je prends une grande inspiration. Tout ce que je peux faire maintenant, c'est m'habiller, aller dans la cuisine et faire face à ce qui m'attendra ensuite.

Joshie est assis sur le canapé, en train de regarder un dessin animé lorsque je me dirige vers la pièce principale de l'appartement. Le gargouillement familier de la cafetière et l'odeur du café fraîchement préparé me remontent un peu le moral.

— Voilà, dit Marissa en me tendant une tasse bien remplie.

J'en prends une gorgée. Ça me brûle la langue. Ce n'est pas grave, je peux encore ressentir quelque chose au moins. Mon corps peut encore ressentir quelque chose. Dieu sait que mon cœur déborde de tous les sentiments que je ressens pour Chase.

Marissa me scrute attentivement.

— Je ne sais pas quoi dire, Allie, me déclare-t-elle en souriant tristement.

— Je ne l'ai pas vu partir, il m'a laissé un mot, dis-je en le lui tendant.

Elle le lit et se met à renifler brusquement.

— Eh bien, voilà qui explique tout, m'annonce-t-elle.

Le ton sarcastique de sa voix me fait frissonner de l'intérieur. J'ai exactement le même ressenti.

Elle boit un peu son café puis fronce les sourcils.

— Est-ce que ça a quelque chose à voir avec tous les messages qu'il a reçus hier soir ? me demande-t-elle.

Je hausse les épaules et goûte à nouveau mon café. Cette fois je le bois par petites gorgées pour ne pas me brûler.

— Je ne sais pas, dis-je.

C'est la vérité. Je n'en ai vraiment aucune idée.

— Est-ce qu'il t'a dit quelque chose hier soir ? me demande-t-elle.

Son visage est défiguré par un sentiment de pitié et une totale confusion. J'imagine que le mien aussi. Du moins, pour ce qui est de la confusion.

— Non, dis-je en haletant lorsque je prononce ce mot. S'il m'avait dit quelque chose, au moins je saurais pourquoi il est parti.

Elle acquiesce.

— Il s'est peut-être passé quelque chose de grave qui fait qu'il a dû rentrer chez lui en vitesse.

Je lui lance un regard dur.

— Alors pourquoi ne m'a-t-il pas réveillée ? Pourquoi ne m'a-t-il pas laissé un mot mieux que ça ? Pourquoi est-ce qu'il…

Ma voix s'interrompt. Je n'arrive plus à contrôler les sanglots dans ma gorge.

— Oh, ma puce, me dit Marissa en s'avançant vers moi et en me faisant un gros câlin.

Je laisse couler les larmes. Je laisse ces sanglots s'échapper de ma gorge.

— Je suis sûre que tout ira bien, me dit-elle d'une voix réconfortante en me caressant dans le dos.

— Je l'aime, m'étranglé-je.

— Je sais. Je sais, me répond-elle.

Je suis surprise que les aveux de mon amour pour Chase ne l'étonnent pas le moins du monde.

— Je n'ai jamais dit ça à personne jusqu'à maintenant, lui expliqué-je. Je n'ai jamais dit à personne que je l'aimais.

— Tu me l'as déjà dit à moi, plaisante-t-elle.

— Très drôle, dis-je, incapable d'empêcher un demi-sourire de se dessiner sur mes lèvres.

Je concède :

— À toi et à maman, c'est tout.

Son visage prend un air sérieux lorsqu'elle relâche son étreinte et me regarde.

— Je comprends, Allie, vraiment. C'est la première personne dont tu es tombée amoureuse, et tu… dit-elle en baissant la voix.

Puis voyant que je ne réponds pas, elle ajoute :

— La première personne avec qui tu as couché ?

Je hausse les épaules.

— Plus ou moins…

Je ne sais pas comment décrire ce que j'ai fait avec Chase.

Elle n'essaie pas de mettre son grain de sel là-dedans.

— Mais la première personne avec qui tu as eu des relations intimes ?

Je réponds :

— Oui, c'est une bonne façon de le dire.

Elle parcourt la pièce des yeux comme si elle réfléchissait. Comme si elle avait un plan en tête. Elle se lèche les lèvres et croise à nouveau mon regard.

— Ça n'a peut-être rien à voir avec toi, affirme-t-elle. Il a des choses à faire pour le compte de la bande de bikers, que ça te plaise ou non, Allie. Il a dû se passer quelque chose et il a sûrement dû rentrer pour s'en occuper. C'est l'explication la plus crédible que j'ai.

Elle marque un temps d'arrêt et reprend :

— Tu n'en sauras rien jusqu'à ce que tu le revoies.

J'acquiesce et tente de boire mon café.

— C'est tout ce que je peux faire de toute façon.

Joshie apparaît soudainement à nos pieds, et sa tête m'arrive à peine au genou. Il lève la tête en l'air et tend sa tasse pour bébé à Marissa.

— Encore, encore, dit-il, sa petite voix aiguë et toute douce.

— D'accord, bonhomme, dit Marissa avant de me regarder. Je me rappelle de toi à cet âge là.

Je regarde ses boucles rousses brillantes et lui caresse les cheveux.

— Je me rappelle quand j'avais cet âge, de pas mal de choses.

Je déglutis. Une sorte de cliquetis me sort de la gorge. Je retiens mes larmes avec difficulté et reprends :

— Je me souviens quand la vie était si simple, quand notre seul tracas était de savoir si nous allions avoir encore du lait ou pas.

Elle pointe la salle de bain du doigt.

— Ton café, et à la douche. Ce sont des ordres.

Je lui fais un salut militaire, droite comme un piquet, en reprenant mon café d'un geste de la tête.

C'est drôle de constater comme on se sent mieux après une ou deux tasses de café, une pomme et un peu de fromage, une douche et une bonne conversation avec sa sœur. Trente minutes plus tard, je suis devenue une toute nouvelle Allie.

Enfin pas vraiment, mais je fais semblant.

— Allons voir tous les panoramas du coin, dit Marissa d'un ton strict.

Sa voix prend un ton assez ferme et je ne dois pas discuter. Ça me va. J'ai besoin de me vider la tête pour oublier la disparition de Chase.

Je n'ai pas de téléphone, alors il ne peut pas m'appeler. Il a rentré le numéro de Marissa dans ses contacts. Mais je me retiens de le contacter. Je ne veux pas lui envoyer de messages ni faire le premier pas. Je suppose que s'il veut me parler, il saura comment me retrouver.

Mais il y a tout de même un problème. J'ai beau essayer, je n'arrive pas à penser à autre chose qu'à hier soir. Le regard qu'il m'a lancé quand il m'a déshabillée. Le demi-sourire sur sa figure alors que ses doigts mémorisaient, au toucher, les courbes et les surfaces de mon corps. Son goût, son odeur, son corps qui s'est écrasé contre le mien. Toutes ces images défilent dans mon cerveau comme un millier d'images de film, les unes après les autres. Encore et encore, mes souvenirs d'hier soir passent dans mon esprit comme une spirale sans fin. Le simple fait de penser à lui fait battre mon cœur au point qu'il frappe contre mes côtes.

Et puis la douleur de ne pas savoir à quoi m'en tenir par rapport à lui me revient. Est-ce que les mecs ont l'habitude de faire ça ? Ils vous font croire qu'ils vous trouvent belle et vous embrassent comme s'ils étaient parfaitement sincères, vous disent qu'ils vous aiment, et puis quand vous avez des relations intimes mais que vous leur imposez une limite, ils se cassent, juste comme ça ?

Est-ce que j'aurais dû coucher avec lui hier soir ? On a tout fait, sauf l'acte en soi. Dans les faits, je suis toujours vierge. Dans les faits, je suis seule maintenant. Dans les faits, je suis en larmes, là.

— Oh, Allie, me dit Marissa.

Elle me caresse le dos tandis que nous sortons. Morty est revenu et joue avec Joshie. Il attend que sa sœur vienne rechercher le petit bonhomme.

— Écoute, continue Marissa, j'ai assez d'argent pour qu'on passe la journée à s'éclater.

Elle compte les billets dans son portefeuille et fait machine arrière :

— Oh… On va plutôt s'éclater à moitié.

Je ne peux m'empêcher de rire.

— Allons faire un tour sur Rodeo Drive sans rien acheter, on ne pourrait même pas se permettre d'acheter un élastique là-bas, de toute façon.

Je me mets à ricaner tout en reniflant.

— Ensuite, ajoute-t-elle, on ira à Griffith Park.

— C'est où, ça ? demandé-je.

— Tu n'as jamais entendu parler de Griffith Park ? s'exclame-t-elle, une pointe d'amusement dans la voix. C'est cet énorme parc de Los Angeles à l'accès gratuit, tout en haut des collines. On peut y voir toute la région alentour à des kilomètres. Et puis il y a un musée de sciences naturelles, et aussi…

— D'accord, d'accord, ça a l'air super.

Réussir à éprouver un tantinet d'enthousiasme est aussi facile pour moi que de tomber sur le ticket gagnant à la loterie, là.

— Il faut qu'on prenne le bus pour y aller, deux lignes différentes, m'explique-t-elle. Mais d'abord, on va se prendre un café. On va aller faire des folies et aller se chercher un mocha latte. On va faire tout le tour de Rodeo Drive comme si on avait les moyens d'y être.

Un sourire m'effleure le coin des lèvres, sans que je puisse le retenir. Je ne me suis pas maquillée aujourd'hui. Je suis sûre que si je l'avais fait, tout mon maquillage aurait fini par dégouliner à cause de mes larmes. Je les essuie de la base de ma paume de main, et prends Marissa par le bras.

— Ça a l'air cool comme programme, dis-je, et nous commençons à marcher un peu.

Son téléphone se met à vibrer au bout de cinq minutes.

— Sérieusement ? dit-elle. Ce n'est pas possible. Pas question que j'aille travailler aujourd'hui !

Elle n'a même pas regardé son téléphone.

— Qu'est-ce que tu veux dire par là ? lui demandé-je, perplexe.

— C'est sûrement le boulot. Quelqu'un a dû prévenir qu'il ne serait pas là et ils ont besoin que je rapplique. Je leur ai dit qu'il me fallait absolument une journée de congé aujourd'hui, peu importe les circonstances, me répond-elle en regardant son téléphone. Oh, attends, ce n'est pas le boulot ! C'est quelqu'un qui m'appelle de… ben c'est bizarre.

— Quoi ? demandé-je.

— Ça vient de notre ville. L'indicatif téléphonique. C'est un numéro de chez nous.

— Chase ?

Mon cœur me semble léger comme un ballon gonflé à l'hélium, et prêt à exploser ou bien à s'envoler haut dans le ciel.

Elle répond à l'appel :

— Allô ?

Chase ? lui dis-je d'un simple mouvement de lèvres.

J'entends une voix d'homme marmonner au bout du fil.

Elle me fait non de la tête.

— Ce n'est pas Chase, murmure-t-elle.

Le ballon qui s'est gonflé dans ma poitrine éclate.

— C'est Jeff ? demandé-je, la voix pleine de dégoût.

Elle couvre de la main le microphone de son téléphone et me répond :

— Non, je connais son numéro. Attends une seconde.

Le murmure de la voix à l'autre bout du fil est trop bas pour que je puisse entendre quoi que ce soit, mais je comprends ce qui se passe à l'expression du visage de Marissa. Je la vois lentement ouvrir la bouche, sous le choc, tandis que la voix continue à parler.

— Oh mon Dieu, s'exclame-t-elle.

Son visage devient blanc comme un linge, comme si tout le sang s'en était évaporé, et elle s'arrête net en plein milieu du trottoir. Les gens qui marchent derrière nous nous contournent.

Je m'arrête également.

— Qu'est ce qui se passe ? dis-je en lui attrapant fermement le bras.

Elle me fait signe et lève un doigt en l'air pour me faire signe de me taire.

— Oui, oui, euh… d'accord, monsieur l'agent.

Monsieur l'agent ? C'est donc la police qui l'appelle ? Mes yeux s'élargissent et je lui lance un regard paniqué.

— Oui, elle est justement là, avec moi.

Moi ? Mais pourquoi elle parle de moi ?

— Un instant, dit Marissa.

Elle a les mains qui tremblent tandis qu'elle me tend le téléphone.

— C'est la police de chez nous. Ils ont à te parler.

— C'est à propos de Chase ? murmuré-je.

Ce même cœur qui tambourinait contre mes côtes, de tristesse et de passion pour Chase rebondit maintenant deux fois plus de terreur.

— Non, me dit-elle.

Elle me regarde avec des yeux embrumés. Je ne lui ai jamais connu de pareil regard depuis la mort de maman.

— Non, Allie, me dit-elle, c'est à propos de Jeff.

— Jeff ? dis-je d'une voix haletante, horrifiée.

Elle me fourre le téléphone dans la main.

— Parle-leur, dit-elle d'une voix feutrée.

Elle pose brusquement l'une de ses mains sur son front tandis que son autre main est plaquée contre sa hanche. Elle ferme les yeux et se mord la lèvre inférieure alors que je porte le téléphone à mon oreille.

— Allô ?

— Bonjour, est-ce bien Allison Boden à l'appareil ?

— Oui ? Oui, c'est moi.

— Je suis le détective Knowles du commissariat de police de Carson.

— Détective Knowles... êtes-vous le père de Sammy Knowles ?

Un fouillis de vieux souvenirs et d'angoisses s'empare de mon esprit à cet instant, et c'est la première chose à laquelle je pense.

Il fait un bruit bizarre.

— Oh, eh bien oui.

— J'étais au lycée avec Sammy. Il a eu son diplôme en même temps que moi en mai dernier.

Encore une fois mon esprit me joue des tours.

— Je ne vous appelle pas pour parler de ça, Allie.

Son ton péremptoire prend le pas sur la conversation et il continue :

— Mais nous sommes heureux d'avoir pu enfin vous localiser.

Un frisson me parcourt la colonne vertébrale comme si quelqu'un avait versé de la glace de la base de ma nuque jusqu'à mon coccyx.

— Me localiser ? Jeff vous a donc signalé ma disparition, monsieur ?

— Non.

La façon qu'a ce détective de prononcer ce petit mot – non – a pour effet de ramollir mon corps tout entier, comme une poupée de chiffon.

— Allie ? Mademoiselle Boden, vous êtes toujours là ?

La voix du détective résonne comme à des milliers de kilomètres de moi.

— Monsieur, que s'est-il passé ? demandé-je.

Ça concerne Chase. Peut-être que Jeff a quelque chose à voir là-dedans, mais quelque chose ne va pas avec Chase. Je le savais, il s'est passé quelque chose vers le sud, chez moi, et Chase a dû y retourner. Mais pourquoi ? Est-il blessé ? Est-ce que Galt lui a fait du mal ? Est-ce que c'est encore une bagarre entre Jeff et la bande de bikers d'Atlas ? J'ai un million de questions qui me viennent à l'esprit mais je ne peux en poser aucune. C'est un détective qui travaille pour la police, après tout. Je ne veux pas dire n'importe quoi et causer des problèmes à quelqu'un.

— Allie, je suis sincèrement désolé d'avoir à vous en informer, mais...

La Terre s'arrête de tourner. Tout ce que je connais s'efface sous mes yeux. Les arbres en face de moi, avec de grandes feuilles de palmier qui montent vers le ciel. Ma sœur, debout à côté de moi, me regarde avec insistance. Les dames qui nous passent à côté, perchées sur des talons de quinze centimètres, habillées avec des tenues à la mode, un café glacé à la main. La maman qui traîne une poussette à deux places avec un bébé devant et un bambin à l'arrière qui hurle pour avoir une sucette. Les brillants rayons de soleil de Los Angeles qui nous illuminent.

Tout ceci devient flou. Tout ce que je connais de la vie

part à la dérobée lorsque j'entends ces mots : *Je suis désolé d'avoir à vous en informer.*

Et puis…

Et puis il me dit :

— Votre beau-père est mort.

Un sentiment mêlé de soulagement et d'horreur me traverse les veines.

— Jeff est mort ?

Je voudrais lui dire : *Chase n'est pas mort, n'est-ce pas ?* mais bien sûr cette question est complètement exclue.

— Oui, me confirme le détective, Jeff Wakefield a été retrouvé mort dans son bar hier soir, tard dans la nuit.

— Oh mon Dieu, hurlé-je.

Un couple nous passe à côté, la dame portant à bout de bras trois ou quatre sacs dont je reconnais les logos, des logos de marques de luxe. Elle s'arrête net et nous regarde. Les visages du couple se contorsionnent en une expression d'ennui, comme si on les dérangeait.

— Comment ? Quoi ? Où ça ? demandé-je, l'idée commençant vraiment à s'instiller en moi, Jeff est mort ?

— Oui.

Quelque chose dans la façon dont me parle le détective Knowles me rend la gorge sèche.

— Euh… bégayé-je. Pouvez-vous m'en dire davantage ? Qu'est-ce que … oh mon Dieu !

— Il y a une chose que je peux vous dire, Allie. Nous exigeons que vous reveniez. Il faut impérativement que vous reveniez pour identifier le corps, mais nous avons aussi des questions à vous poser.

— Des questions à me poser ? Quel genre de questions ?

— Allie, nous exigeons que vous reveniez. Il faut que vous rentriez chez vous, vous êtes une parente du défunt.

— Eh bien, Marissa aussi !

Les mots me sortent de la bouche avant que je n'aie le

temps de réfléchir à ce que cela implique. Elle me regarde, sous le choc, les yeux ronds comme des billes. Mais je ne vois aucune larme sur son visage. Marissa et moi n'avons pas beaucoup de larmes à verser pour Jeff.

— Il faut que quelqu'un vienne identifier le corps. Des dispositions doivent être prises concernant l'enterrement, et nous avons besoin de réponses à certaines questions. Quand pourrez-vous rentrer, au plus vite si possible ? me demande-t-il.

J'entends le murmure confus de plusieurs voix, et un cri derrière, à l'autre bout de la ligne. Je me demande à quoi peut bien ressembler le commissariat de police. Quand maman est décédée, la police est venue chez nous pour m'interroger. Jeff avait dit que ce serait mieux comme ça, que ça m'empêcherait d'être trop contrariée, que c'était trop angoissant pour moi de me rendre directement au commissariat.

Je n'ai jamais été arrêtée, jamais eu à payer la caution de quelqu'un pour sa libération, jamais eu aucune raison de me rendre au commissariat de police depuis le CE2, lorsque nous sommes partis en excursion. Et encore, je m'en souviens à peine. Une fois encore, mon esprit s'agite et rebondit dans tous les sens, comme une puce qui saute d'un endroit à l'autre, rapidement. Il tente d'absorber tous ces fragments d'informations disparates tandis que je reste plantée là, au téléphone, Marissa me fixant d'un air hébété.

— Quand serez-vous en mesure de revenir ?

Son ton de voix se fait plus sévère désormais.

Mon esprit s'évide complètement. Chase est parti, et c'est grâce à lui que je suis venue ici, alors il ne peut pas me reconduire chez moi.

Marissa me fait signe :

— Qu'est-ce qui se passe ? demande-t-elle.

Je recouvre le combiné du téléphone.

— Il veut que je rentre pour identifier le corps. Il dit que je suis une parente.

— On va rentrer ensemble, dit-elle, Morty a une voiture, il va nous ramener chez nous.

Mon ventre s'emplit d'une intense sensation de chaleur qui irradie jusque dans mes os. Et puis une étrange tranquillité s'empare de moi et j'acquiesce. Je découvre le microphone et reprends :

— Très bien, détective Knowles, ma sœur et moi allons rentrer.

Quand ? mimé-je à Marissa, et elle me répond tout aussi silencieusement *ce soir.*

— Nous serons là ce soir ou demain matin, lui dis-je.

— C'est parfait, Allie, répond-il, sa voix prenant un accent rassurant. Veuillez vous rendre directement au commissariat lorsque vous arriverez en ville.

Puis la ligne se coupe d'un seul coup.

Plus rien.

Les mains de Marissa, plantées sur mes épaules, ont une poigne ferme. J'ai encore le téléphone dans les mains, mais c'est comme si j'avais un boulet au pied.

— Jeff est mort, murmuré-je.

— Mort, murmure-t-elle en retour.

— Qu'est-ce que ça veut dire ? demandé-je.

Elle plisse les yeux.

— Qu'est-ce que toi, tu veux dire par là ? me demande-t-elle.

Je crache les mots comme du venin.

— J'ai rencontré Chase le jour où il est venu au bar avec sa bande de motards et ils se sont battus avec Jeff et ses amis. Ils ont sorti leurs armes, il y a eu du verre brisé, des tables ont valsé et tout était sens dessus dessous.

Je cligne des yeux en me remémorant chaque détail de la scène.

— Chase m'a protégée, lui expliqué-je, et hier, il n'a pas arrêté de recevoir tout plein de messages, et il m'a dit que c'était son père, mais...

Ses yeux deviennent à nouveau ronds comme des billes lorsqu'elle commence à comprendre.

— Tu penses que la bande de motards a quelque chose à voir avec ça ?

Je la regarde sans vouloir prononcer la phrase qui arrive ensuite.

— Je ne sais pas, mais pour quelle autre raison est-ce que Chase se serait levé comme ça pour partir comme un voleur ?

Elle a un mouvement de recul.

— J'espère vraiment qu'on ne se fait pas le bon scénario, à savoir que Chase soit impliqué d'une façon ou d'une autre dans la mort de Jeff. Parce que ce serait... commence-t-elle avant de s'étouffer.

J'expire très longuement en la regardant droit dans les yeux.

— C'est le plus gros euphémisme de l'année, Marissa.

14

*L*e trajet du retour passe tellement plus vite que le long et très lent voyage que nous avons fait jusqu'ici avec Chase. Je ne sais pas si c'est parce qu'on est en voiture, et que les voitures peuvent aller plus vite. Je ne sais pas si c'est parce que mon cœur bat deux fois plus fort sans jamais s'arrêter. Je ne sais pas. Dernièrement, j'ai l'impression de ne plus rien savoir.

Toujours aucune nouvelle de Chase. À chaque instant je dois vraiment me retenir de demander à Marissa de regarder son téléphone. Je veux l'appeler, lui envoyer un message. Je veux le voir. Je veux l'embrasser. Mais je ne peux rien faire de tout ça.

Quelques heures passent et nous ne prenons même pas la peine de faire une pause pour aller aux toilettes ou pour manger un morceau. Morty nous dépose chez nous, et Marissa semble prête à entrer sur un champ de bataille.

Après avoir pris nos sacs de voyage, elle se penche par la vitre ouverte côté conducteur et embrasse vivement Morty.

— Appelle-moi, dit-il, ses yeux bleu vif la regardant d'un air sérieux et inquiet.

— Je le ferai, répond-elle en claquant avec force la portière de la voiture, comme un cheval à qui l'on donnerait un coup de talon pour lui faire commencer une longue marche.

Morty me regarde et se contente de me faire un signe de tête. Il reconnaît ma présence, mais c'est également un signe d'encouragement, et cela me revigore l'esprit.

Alors qu'il fait demi-tour sur le long chemin poussiéreux, Marissa et moi nous retournons et observons la façade de la maison. C'est toujours la même, du moins à mes yeux. Marissa, elle, n'était pas revenue depuis deux ans.

Lorsque maman est morte, elle m'avait appelée pour dire qu'elle allait rentrer à la maison. Pour aider, pour être là, pour faire son deuil. Et puis, sans crier gare, le lendemain, elle m'a rappelée. Son ton de voix était très tendu et il y avait autre chose sur quoi je n'arrivais pas à mettre le doigt. Elle ne pouvait pas venir et m'avait dit à quel point elle était désolée.

Avant même que nous ne passions le pas de la porte, je me retourne vers elle. J'ai tant de questions en tête. La plupart concernent Chase, et d'autres, Jeff. Mais j'ai une question par rapport à Marissa.

Je lui attrape le bras, car le souvenir de son deuxième appel après la mort de maman m'envahit l'esprit.

— Après la mort de maman, tu n'es jamais revenue, dis-je en m'efforçant de ne pas adopter un ton péremptoire.

Elle semble terrifiée et regarde fixement le bouton de la sonnette. Elle se lèche les lèvres puis me regarde en m'agrippant légèrement la main.

— Tu es sûre qu'il est mort ? dit-elle.

J'ouvre les yeux en grand en une fraction de seconde.

— Jeff ? Ben oui, c'est juste un peu la seule raison de notre retour ici. La police dit qu'il est décédé. J'ai souvent tendance à croire la police lorsqu'ils m'appellent pour m'annoncer qu'un membre de ma famille est mort.

Tout mon sarcasme transparaît à présent. Je ne voulais pas qu'il ressorte comme ça, mais c'est comme une sorte de *persona non grata*.

Elle avale sa salive et prend de grandes inspirations jusqu'à en être presque haletante. Puis elle desserre son étreinte sur ma main.

— C'est à cause de Jeff que je ne suis pas revenue.

— Qu'est-ce que tu veux dire par là ? demandé-je. Est-ce qu'il t'a fait quelque chose un jour ?

Elle me fait non de la tête.

— Non, mais il n'hésiterait pas si jamais je revenais.

Je la regarde fixement, tout à fait confuse. Nous nous tenons face à la porte, et un légère brise me soulève les cheveux, mais pas assez.

— Est-ce qu'il t'a menacée ?

Elle acquiesce.

— Et toi aussi.

— Moi ? Qu'est-ce qu'il a dit sur moi ?

Son visage pâlit.

Je lui rappelle :

— Il est mort, Marissa. Il ne peut plus te faire de mal.

Elle se met à cligner des yeux, de manière soudaine et rapide, comme si elle essayait de faire la lumière sur un souvenir.

— Oui, dit-elle, le souffle coupé. Je sais, mais j'ai peur quand même.

— Peur de quoi ?

— J'ai peur de ce qu'est capable de faire Jeff.

— Il est *mort*, dis-je d'un ton ferme et définitif, il ne peut plus rien faire.

Elle agite lentement la tête.

— Oui, c'est vrai, mais j'ai peur de ce qu'il pourrait faire. Ce qu'il a menacé de faire si je revenais.

— Je ne comprends pas, dis-je en m'asseyant sur le rebord du perron, devant la maison.

J'ai l'impression d'être devenue une poupée de chiffon tout à coup, comme si mes os avaient disparu.

— Je ne comprends pas, Marissa.

Marissa vient s'avachir à mes côtés. Je crois qu'elle aussi, ses os se sont réduits en poussière.

— Allie, me dit-elle d'une voix entrecoupée, juste après la mort de maman, je voulais revenir te chercher. Je voulais te ramener avec moi à Los Angeles.

Je relève brusquement la tête.

— C'est vrai ?

Elle acquiesce.

— Jeff m'a dit que je n'en avais pas le droit. Je lui ai dit que j'étais adulte et que j'étais une parente pour toi. Je l'ai menacé de saisir la justice pour obtenir ta garde. Étant donné qu'il n'était pas un parent biologique par rapport à toi, il y avait de fortes chances que je puisse l'obtenir.

Je me mets à rougir comme une tomate.

— Tu lui as dit tout ça ? Tu as essayé de faire cette démarche ?

Ses yeux se remplissent de larmes.

— Oui, dit-elle.

Sa poitrine se gonfle comme si elle essayait d'étouffer un sanglot.

— Je me suis renseignée. J'ai trouvé une association de conseil juridique à Los Angeles où j'ai pu avoir une consultation gratuite, et ils m'ont informée de toutes les démarches à effectuer.

Alors pourquoi tu ne les as pas faites ? me dis-je. J'ai le sentiment que je vais bientôt comprendre pourquoi.

— J'ai appelé Jeff, dit-elle, et lui ai tout dit. Je n'ai pas cherché le conflit et je ne me suis pas montrée pessimiste. J'ai seulement pensé qu'il serait heureux de se débarrasser de la charge que tu représentais pour lui.

Je renifle bruyamment.

— Oui, il m'a bien fait comprendre à quel point j'étais une charge pour lui chaque putain de jour de ma vie après la mort de maman.

Elle tressaille.

— J'ai essayé de trouver les mots justes en espérant que, peut-être, ça puisse lui rendre la tâche plus facile de te laisser partir. Mais ça n'a pas eu l'effet escompté.

Je devine qu'elle se sent coupable, qu'elle a du mal à regarder en face le souvenir qu'elle a pu en garder. Je veux qu'elle puisse se sentir à l'aise pour parler. Je pose ma main sur son genou et lui fais une légère caresse.

— Je ne te juge pas. Quoi qu'il ait pu se passer à l'époque, c'est de l'histoire ancienne.

Elle me lance un sourire timide.

— Merci. Je n'ai pas envie de me sentir coupable. Mais je ressens quand même une forte culpabilité. C'est juste que... il n'y avait pas d'issue, dit-elle en me regardant. Il n'y avait aucun moyen de te sauver.

— Me sauver ? Qu'est-ce que tu veux dire par là, Marissa ?

Elle prend une grande inspiration, expire et inspire à nouveau.

— Jeff m'a dit que si j'essayais de te récupérer, il ferait en sorte que je ne puisse plus jamais te revoir.

Je demande :

— Comment ça, une sorte de bataille juridique pour avoir ma garde ? Je ne comprends pas.

— Non, Allie.

Ses doigts deviennent de plus en plus froids autour de ma main.

— Il m'a dit qu'il trouverait le moyen de te faire

disparaître.

Jusque là ça allait, mais tandis que je me prends ses paroles de plein fouet dans la figure, je sens mes genoux chanceler. Je m'étale à terre, comme un vieux spaghetti tout mou. J'atterris sur les fesses, à demi entre la petite marche face à la porte et le sol.

— El Brujo, murmuré-je, Jeff avait prévu tout ça depuis des années.

Elle plaque ses mains contre sa bouche et se penche en avant, en venant s'asseoir à côté de moi.

— Quand Chase et toi m'avez raconté cette histoire, c'est la première chose à laquelle j'ai pensé.

— J'ai pensé que tu croirais qu'on était devenus complètement dingues ! hurlé-je d'une voix aiguë et apeurée.

Je fixe du regard le terrain sec et morne qui s'étend au loin, et que je connais si bien. Je n'arrive même pas à pleurer. Une voix hurle dans ma tête, à répétition : *Non, non, non !*

Marissa a tenté de me sauver ? Elle a essayé d'obtenir ma garde pour me laisser emménager chez elle à Los Angeles ? Pendant des années, j'avais espéré qu'elle vienne me chercher. Pendant des années, j'ai cru qu'elle n'avait pas tenté le coup. Lorsqu'elle n'est pas revenue à la maison après la mort de maman, j'ai dû élaborer un scénario plausible dans ma tête. Sinon, je ne pouvais que penser que Marissa s'en fichait. Que je ne comptais pas assez à ses yeux pour qu'elle tente quelque chose.

— Jeff m'a dit qu'il te ferait disparaître, m'explique Marissa d'un profond soupir. Et il m'a dit aussi qu'il te ferait disparaître de telle façon que je regretterais de ne pas être portée disparue, moi aussi.

Je relève brusquement la tête et la regarde.

— Bon sang, mais qu'est-ce que ça veut dire ? dis-je, le souffle coupé.

Elle avale sa salive avec difficulté et hausse les épaules, mais son visage devient pâle.

— Je ne lui ai jamais posé la question. J'avais peur de la lui poser.

Elle agite lentement la tête et ferme les yeux.

— Je suis sincèrement désolée, Allie. Vraiment.

15

— *T*oi, tu es désolée ? m'exclamé-je, un rire amer s'échappant de ma bouche. C'est Jeff qui devrait être désolé. Jeff… il… je…

Les mots s'effacent et se transforment en poussière. J'aimerais tellement qu'une grosse bourrasque de vent arrive pour tous les emporter au loin.

— Tu sais, dit Marissa, j'ai toujours pensé qu'il avait tué maman.

Je n'ai même plus la force de me sentir choquée. Je me contente de répondre :

— Oui, moi aussi.

— Alors, il a tué maman, reprend Marissa, et il m'a menacée de représailles si j'essayais de te sortir de là. Et maintenant on sait qu'il avait prévu de te livrer à un baron de la drogue mexicain pour rembourser une dette.

Un gloussement hystérique s'élève en elle avant de lui sortir de la gorge.

— C'en est trop, Allie ! Je ne sais même pas quoi penser, bon Dieu !

Je me passe une main dans les cheveux, puis les deux, en

faisant glisser mes doigts au plus près de mon cuir chevelu jusqu'à ce que mes paumes de main viennent se poser sur mon front. Je me mets à rire avec elle. Il n'y a rien de drôle là-dedans, mais c'est la seule façon d'évacuer un peu nos émotions.

— Je n'en sais rien non plus, Marissa, dis-je.

Elle pose une main sur mon épaule.

— Tu dois être une sacrée belle pièce !

— Quoi ? dis-je, en la regardant comme si elle était devenue folle.

— Tu vaux une dette à six chiffres aux yeux d'un baron de la drogue, Allie !

Elle fait semblant de me parcourir le corps des yeux. C'est étrange, elle ressemble un peu trop à Quebec.

Tout mon corps semble complètement se vider de son sang. Chase, Quebec, le baron de la drogue. Je la regarde.

— La mort de Jeff ne signifie pas que la dette est payée.

Elle me lance un sourire malin.

— Je pense que le déroulement des évènements à l'avenir dépend en grande partie de toi.

— Moi ? Pourquoi moi ?

— Ce baron de la drogue cherche une vierge. Tu as dit que tu l'étais toujours, non ?

J'acquiesce lentement.

— Tu sais, dois-je avouer, Chase m'en a parlé hier soir.

Elle renifle bruyamment.

— Comme c'est romantique !

C'est moi qui fais un geste de la tête maintenant.

— Oui, je sais. Il m'a dit que, par pure bonté, il serait volontaire pour me porter assistance afin de surmonter ce petit obstacle.

Nous nous mettons vraiment à rigoler à cet instant.

— Mais sérieusement, je ne pense pas que la perte de ma virginité pourrait arrêter quelqu'un qui pense me posséder !

m'exclamé-je, en regardant ma sœur droit dans les yeux. Et la seule personne qui puisse m'aider, c'est Chase.

— Si Chase est la seule personne en mesure de t'aider, dit-elle en se relevant lentement et en balayant la poussière collée à ses jambes, tu es dans un sacré pétrin. Parce que je ne vois pas comment quelqu'un qui n'est pas là pourrait faire quoi que ce soit pour te sortir de là.

Je me relève et la suis lorsqu'elle tend la main vers la poignée de porte. Je ne dis plus rien, je ne sais pas quoi dire.

Elle tourne la poignée. La porte est verrouillée. Je fouille dans la poche de mon pantalon et récupère la clé. Une fois à l'intérieur, la réalité nous frappe, petit à petit. Pas de Jeff en vue dans le salon, en train de regarder un programme sportif à la gomme. Pas de trace de Jeff dans la cuisine, à m'engueuler parce que j'ai mangé tout le bacon. Pas de Jeff en train de faire rentrer discrètement Heather pour qu'ils aillent baiser dans sa chambre. Pas de Jeff, nulle part, plus jamais.

Par contre, tout est sens dessus dessous. La police a tout fouillé en profondeur. Les tiroirs sont restés ouverts, il y a plein de trucs qui débordent, on a farfouillé dans les papiers. Les magazines ont été jetés par terre. Toutes les photos accrochées au mur sont de travers. Ce n'est pas que Jeff et moi avions grand-chose, mais ce que nous possédons – je veux dire, ce que moi, je possède, a été entièrement retourné.

— Bon sang ! dit Marissa. Ils ont vraiment fouillé la maison !

J'ai l'impression d'avoir des yeux de chouette.

— Sans blague.

Même le petit tiroir de la table du salon est resté ouvert, béant.

— J'ai appelé le commissariat, dit Marissa.

— Quand ? Pourquoi ? demandé-je.

— Tu t'es endormie dans la voiture sur la route du retour. J'ai parlé à ce type, le détective Knowles. Il m'a dit que la police était déjà passée par là, qu'ils avaient tout fouillé, et qu'on était libres de faire tout ce qui nous était nécessaire.

Ça, pour avoir fouillé la maison, ils n'y sont pas allés de main morte.

Je fronce les sourcils.

— Qu'est-ce qu'il sous-entend ?

Elle me regarde d'un air sérieux.

— Eh bien, maintenant que maman et Jeff sont morts, il va falloir que quelqu'un s'occupe de la maison, des affaires…

— Mais on est locataires…

Et puis tout à coup, je mesure ce que ça implique et ça me percute.

— Il va falloir qu'on mette de l'ordre dans ce fouillis ! Rien ne nous appartient sauf…

— Oui, dit Marissa, sauf tes affaires et celles de Jeff, et ce qui reste de celles de maman.

Nous soupirons ensemble. Elle s'avance vers la cuisine en regardant autour d'elle, fouillant la pièce du regard.

Je m'enquiers :

— Qu'est ce que tu cherches ?

— La cafetière.

— Oh, Jeff l'a changée de place. Elle est là, dans le placard.

Je pointe le placard du doigt pour lui montrer. Pour je ne sais pas quelle raison, les flics ont fermé les portes du placard de la cuisine.

Elle commence à préparer du café, car cette occupation la rassure. Une fois que la cafetière commence à bouillir, elle se penche sous l'évier et en sort le nécessaire à ménage.

— Tu vas nettoyer la maison ?

— Peut-être, dit-elle, ça dépend de ce qu'on trouve. Mais je me dis qu'on pourrait au moins sortir ça sur le plan de travail.

— Qu'est-ce qu'on est censées faire, Marissa ?

J'ai perdu le nord. Chase me manque. Je suis dépassée par

la situation, et puis je me rends compte que je suis censée être au commissariat de police là, non ?

Elle me regarde, et c'est comme si elle avait lu dans mes pensées.

— Tu es censée aller voir le détective. Tu te rappelles qu'il nous a dit de filer tout droit au commissariat ?

— Oui, marmonné-je.

J'ai l'impression d'avoir des fourmis dans le corps, comme si mon sang s'était rempli de petites bulles. Je n'ai pas envie d'être ici. Hors de question que j'aille au bar si Jeff a été tué là-bas. Mais je n'ai vraiment, *vraiment pas* envie d'aller au commissariat.

Marissa et moi nous rendons compte que nous n'avons aucun moyen de retourner en ville. Morty nous a déposées, et la voiture de Jeff n'est pas là. Elle doit être restée au bar.

Nous sortons dans le garage et trouvons deux vieux vélos que nous n'avions pas vus depuis des années. Le mien est toujours hors-service et complètement défoncé, dans la cabane de Chase. Le vélo de Jeff est engoncé sous une vieille piscine pour enfants et une grosse bâche. Il est poussiéreux et tout rouillé, mais Marissa réussit à mettre la main sur du WD-40 et avant que je n'aie eu le temps de dire ouf, elle est en train de faire des rondes à vélo dans la poussière, tout autour de l'entrée de la maison.

Moi, je n'ai pas autant de chance. La seule chose qu'on arrive à trouver, c'est un vieux vélo de marque « banana » de quand j'avais sept ans.

— Franchement, dis-je à Marissa, je ne peux pas me pointer au commissariat de police sur un vélo de gamin. Ils vont penser que je suis complètement dingue. Ils… ils vont… ils vont m'arrêter pour un délit de débilité !

Elle se met à rire.

— On échangera, je vais prendre ce minuscule petit gadget avant que nous n'arrivions en ville.

J'essaie d'actionner la sonnette. Elle fait un bruit de canard crevé.

— Il nous faut la boîte à outils de Jeff.

Le garage a été fouillé de long en large par les flics, lui aussi. Une grosse boîte à outils de couleur bleu métallisé est renversée sur le côté, les outils éparpillés tout autour. Un vieux tricycle en plastique de la marque « Big Wheel » se trouve juste à côté et il faut d'abord que je le bouge de là. Lorsque je le soulève et le donne à Marissa, elle fronce les sourcils.

— Qu'est-ce qu'il y a là-dedans ?

— Rien. C'est un jouet.

— Non, Allie, dit-elle, en le tirant à la lumière du soleil, il y a quelque chose là-dedans.

Je suis pressée. Les flics m'attendent.

— Je m'en fiche, j'ai juste besoin des outils pour réparer le vélo.

Pourquoi fait-elle une fixette sur ce tricycle à la noix ?

Marissa me tend une clé anglaise et une paire de pinces. Elle fait les gros yeux en observant le tricycle en plastique, mais elle le met de côté. En dix minutes, j'ai réparé le vélo. Mais ça reste un petit vélo de gamin « Banana ».

— On est bons, dis-je.

Nous ne sommes qu'à cinq kilomètres de la ville, alors je ne suis pas plus inquiète que ça. Mon corps me fait encore mal à cause de mon accident de vélo de la semaine dernière, mais je vais tenir le coup.

— On y va.

Nous glissons nos sacs sur nos épaules et enfourchons les vélos. Je suis contente que Marissa m'aide sur ce coup-là. Elle a prévu d'aller au tribunal et à la mairie pour connaître les démarches que nous aurons à faire ensuite. Sur le papier, nous sommes les parentes de Jeff et en même temps, nous ne le sommes techniquement pas. Il nous a dit il y a longtemps que ses parents étaient morts et qu'il n'avait pas de frères et sœurs. Marissa va se renseigner pour savoir ce qu'il en sera pour nous, étant donné cette situation.

Nous arrivons aux abords de la ville. Comme promis, Marissa me donne le meilleur vélo des deux. Je roule jusqu'au commissariat. Le bâtiment est monotone et tout en briques, d'une apparence à peu près aussi ragoûtante qu'un lézard écrasé sur la route.

Je glisse le pneu avant du vélo dans la fente du stationnement pour vélos et m'époussette un peu. La raie de mes cheveux, mon torse et mon dos sont couverts de sueur, de même que mon corps tout entier. Ça m'est égal.

J'entends le vrombissement du moteur d'une moto au loin et je me retourne brusquement, en espérant apercevoir Chase. Non. C'est Chuck Jorgensen qui roule au milieu de la route. Sa moto n'a pas de silencieux. Lorsqu'il passe à côté de moi, le bruit de sa moto me force à me boucher les oreilles. Je ressens les vibrations de sa moto alors même qu'il est déjà si loin que je ne le vois plus.

Quel connard.

J'entre dans le commissariat et m'avance jusqu'au bureau d'accueil.

16

— *E*xcusez-moi, dis-je.

Une vieille dame, dont la bouche est entourée de grosses rides qui tombent vers le bas et la font ressembler à un Saint-Bernard, ne prend même pas la peine de me regarder.

— Oui ?

— Je suis venue voir le détective Knowles.

— C'est à quel sujet ?

— Je suis venue m'entretenir avec lui à propos de la mort de Jeff Wakefield.

Elle relève brusquement la tête et plisse les yeux en me toisant de haut en bas.

— Vous êtes Allison Boden ?

J'ai un léger mouvement de recul en l'entendant prononcer mon nom complet.

— Oui.

Elle fait un geste de la tête vers la droite.

— Deuxième porte à gauche au fond du couloir.

Je suis ses instructions. Le couloir est éclairé par des néons dont les tubes sautent et grésillent. On dirait un décor tout droit sorti d'un film hollywoodien. Dans le couloir flotte une odeur de cigarettes, de rasoirs en métal et d'urine.

Sur la porte dont elle m'a indiqué la direction, se trouve un écriteau sur lesquels les mots *Détective Knowles* sont écrits au marqueur noir. Le bout de papier est scotché à la porte. Je toque.

— Entrez ! me dit une voix d'homme, forte et autoritaire.

Je saisis la poignée de porte, la tourne et ressens une sorte de courant électrique s'interposer entre moi et le monde extérieur. Il ne ressemble en rien à celui que je ressens quand je suis avec Chase.

J'entre dans une pièce sans néon fluorescent au plafond. À la place, le détective a une petite lampe de bureau avec une ampoule incandescente jaune. Cela donne à la pièce une ambiance chaleureuse, malgré les murs bétonnés peints en gris et le lino noir strié de traces turquoise.

Il pointe du doigt une chaise en face de son bureau sans dire un mot. Alors que je m'assieds, il me dit :

— Je suppose que vous êtes Allie.

J'acquiesce.

Il me parcourt du regard.

— Vous ressemblez parfaitement à la fille que j'ai vue dans le trombinoscope de mon fils.

Je ne sais pas quoi répondre à ça. Je ne dis rien.

— Je suis sûr que vous comprenez pourquoi vous êtes là, Allison.

— Je m'appelle Allie.

— Quel est votre nom complet ?

— Quoi ?

— Déclinez votre nom complet.

Tout le duvet sur mon corps commence à se dresser, j'ai la chair de poule.

— Allison Cassidy Boden, dis-je.

— Date de naissance ?

Qu'est-ce que c'est que ce cirque ? Je me le demande.

— Euh… excusez-moi, détective Knowles, suis-je en état d'arrestation ?

Il soupire et étale ses mains sur des piles de papiers éparpillées en long et en large sur le grand bureau métallique usé.

— Non, Allie, vous n'êtes pas en état d'arrestation, mais j'ai quelques questions règlementaires à vous poser.

— Oh, dis-je, avant de lui indiquer ma date de naissance.

Il se contente d'acquiescer.

— Et votre adresse est identique à celle de Wakefield ?

— Oui.

Il termine de remplir des papiers, puis il les retourne avant de me regarder.

— Où étiez-vous ?

— Où j'étais… quand ça ?

— À l'instant, hier, hier soir.

— Oh, euh, eh bien… j'étais à Los Angeles pour rendre visite à ma sœur.

— Cela vous arrive souvent ?

Une vague de peur m'envahit.

— Non… dis-je sur une intonation montante comme s'il s'agissait d'une question.

Il ressemble à son fils, Sam, de corpulence forte, la mine sombre avec des sourcils fournis. Il a de larges pommettes et les yeux en amande. Si je n'avais pas aussi peur de lui, je lui trouverais probablement l'air gentil.

Il se lèche les lèvres puis les retrousse. Il réfléchit.

— Aviez-vous une quelconque raison expliquant votre… mésentente avec M. Wakefield ?

Je lui réponds avec beaucoup de précaution :

— C'était mon beau-père. Eh bien… non. Aucune raison sortant de l'ordinaire.

— Qu'est-ce que vous appelez « l'ordinaire », mademoiselle Boden ?

Nous sommes passés d'Allison à Allie, et maintenant c'est mademoiselle Boden.

— Eh bien je ne sais pas. Vous voyez, souvent il s'énervait contre moi parce que j'avais mangé toutes les réserves de nourriture à la maison. Ou bien il perdait son calme parce que j'avais oublié de faire le plein en lui empruntant la voiture. Ce genre de choses.

— Vous a-t-il déjà menacée ?

Qu'est-ce que je suis censée répondre à ça ?

— Euh… que voulez-vous dire ?

Il s'adosse à sa chaise et croise les bras sur son torse. Il porte une élégante chemise masculine blanche, une cravate nouée de façon lâche et une veste. On aperçoit de grosses auréoles de sueur au niveau des aisselles sur la veste, et je me demande pourquoi il prend la peine d'être aussi formel. Vu la chaleur qu'il fait dans le sud de la Californie au mois d'août, il faut être un peu fou pour porter une veste de costume.

Il me toise à nouveau de haut en bas. Ce n'est pas le même regard que celui que me lancent habituellement les hommes, et ça ne ressemble en rien au regard que Chase me porte.

Quelque chose d'autre chose me vient à l'esprit.

— Détective Knowles, dois-je demander un avocat ?

Ma question est innocente mais j'entrevois une expression intense dans ses yeux lorsque je la lui pose.

— Voulez-vous un avocat ? Pensez- vous avoir besoin d'un avocat pour vous défendre ?

Je me mets à bégayer.

— Je… je ne sais pas ! J'ai seulement pensé à poser la question.

— Parce que, vous savez, m'interrompt-il, je peux vous énumérer tous vos droits, conformément aux dispositions prévues par l'avertissement Miranda, et ce immédiatement.

— L'avertissement Miranda ? Mais qu'est-ce que c'est ?

— Allie, je vais aller droit au but. Avez-vous tué Jeff Wakefield ?

— *Quoi ?*

J'ai les mains toutes engourdies et j'ai l'impression que ma langue fait cinq fois sa taille normale. La pièce se met soudainement à tourner autour de moi, et tout ce qui est noir devient blanc.

— Quoi ? Mais je n'aurais jamais osé tuer Jeff !

— Nous avons des témoins qui nous disent le contraire.

— Vous avez des témoins qui... *quoi ?*

J'aimerais tellement que Marissa soit là. Je voudrais que Chase soit là. Mais plus que tout, je regrette l'absence de maman. Je me relève si vite que la chaise sur laquelle j'étais assise tombe à la renverse.

Trois personnes se pointent à la porte en entendant la chaise tomber. Le détective Knowles leur fait signe de partir. Ils repartent très lentement.

— Pourquoi est-ce que vous... pourquoi est-ce que... je ne peux pas... je n'y comprends rien ! Comment est-ce que Jeff est mort ?

— Pourquoi est-ce que vous ne me diriez pas plutôt à moi comment Jeff Wakefield est mort ?

— JE NE SAIS PAS !

Je hurle désormais, d'une voix hystérique dont je perçois les accents dans mes oreilles. Ma voix est déchirante et agit comme si des griffes qui me déchiraient les tympans.

— Je ne sais pas, j'ai quitté la ville hier ! Je ... je me suis disputée avec Jeff au bar et... je m'interromps, car mes propres paroles me reviennent en écho dans cette minuscule pièce confinée.

— Et qu'avez-vous fait ensuite, Allie ?

Nous voilà revenus à Allie.

— Chase était là ...

— Chase Halloway ?

— Vous le connaissez ?

Je regarde le détective d'un œil vigilant. Je ne sais vraiment pas avec certitude ce que je suis censée dire ou ne pas dire, mais à présent j'ai l'impression que dix mille serpents s'agitent dans mon cerveau et se mettent à siffler tous ensemble dans ma tête.

— 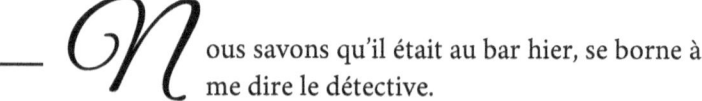ous savons qu'il était au bar hier, se borne à me dire le détective.

— Eh bien Chase… euh… m'a emmenée sur sa moto, et … m'a conduite jusqu'à chez ma sœur … à Los Angeles.

Les mots me sortent de la bouche entrecoupés de grandes respirations, comme si je n'arrivais plus à parler correctement. Comme si je faisais une crise d'asthme ou quelque chose dans le genre.

— J'ai passé la nuit dans l'appartement de ma sœur.

— Avez-vous des témoins à disposition, hormis votre sœur, qui puissent confirmer vos dires ?

L'image très brève d'une mèche de cheveux roux me traverse l'esprit.

— Morty, son colocataire ?

Tout ce que je dis me sort de la bouche comme une question. Je suppose que c'est parce qu'implicitement, je lui pose des questions du genre, *Est-ce que vous voulez bien me croire ?*

Il se met à gratter sur un papier.

— Et le nom de famille de ce Morty, c'est…

Angus, pensé-je, en me mordant les lèvres pour retenir un gloussement.

— Je ne connais pas son nom de famille, mais je peux obtenir cette information auprès de ma sœur.

En réalité, je connais son nom de famille, et je me sens un peu mal de mentir au détective, mais désormais je ne sais plus à qui faire confiance.

— Bien, nous en aurons besoin.

— Qu'est-ce qui vous fait croire que j'ai tué Jeff ?

— Nous avons des témoins prêts à attester que vous l'avez menacé de mort.

— Que je quoi ? Moi ? *Moi* ? dis-je en me pointant moi-même du doigt au niveau de la poitrine, avant de faire un geste qui englobe mon corps entier.

Je reprends :

— Moi ? Je n'aurais pas pu... je peux à peine tuer une araignée !

Il renifle bruyamment, puis son visage se relâche.

— Alors vous n'avez *pas* dit à M. Wakefield hier que vous voudriez le voir mort ?

Je ferme les yeux en gardant la bouche entrouverte, et pose ma main sur mon front. J'écrase le bout de ma langue contre l'arrière de mes dents du haut.

— Je... c'était juste...

Je pousse un soupir.

— J'étais énervée.

— Suffisamment énervée pour le tuer ?

— Non. Écoutez, détective Knowles, Chase et moi nous sommes arrêtés dans une station-service pour manger un peu et pouvoir aller aux toilettes sur notre route pour Los Angeles. Marissa était de sortie... j'étais là-bas, avec elle, à Los Angeles. Ses colocataires pourront vous confirmer que j'étais là.

Tous ces mots sont réellement en train de me sortir de la

bouche, et je me vois contrainte de lui expliquer tout cela. Et pourtant, le simple fait d'avoir à raconter ça est consternant. Je me fabrique mon propre alibi. Je me défends contre l'accusation que l'on fait à mon encontre, à savoir que je suis l'assassin de Jeff.

Est-ce que Jeff a ressenti la même chose que moi lorsque tout le monde l'a accusé d'avoir tué mamam ? Je ressens un soupçon de sympathie à son égard sans le vouloir.

Quelque chose a changé dans le regard du détective Knowles. Il me lance un regard différent, presque comme s'il était prêt à me croire. C'est presque comme si j'avais réussi à m'en tirer. Presque.

— Très bien, Allie. Voilà ce dont je dois vous informer. Nous vous considérons comme un témoin clé dans cette affaire.

— Est-ce que ça veut dire que je suis en état d'arrestation ?

— Non, dit-il en plissant les yeux. Pas encore. Mais restez dans le coin, vous ne pourrez aller nulle part tant que l'affaire ne sera pas résolue.

— Vous savez qu'énormément de gens voulaient la mort de Jeff, dis-je.

— Qui, par exemple ?

Je m'apprête à citer un nom et me rappelle que je dois faire très attention à ce que je dis.

Je me contente de déclarer la seule chose que je peux admettre :

— Jeff avait beaucoup d'ennemis.

Il me lance un regard dur.

— J'aimerais que vous reveniez demain, pour que nous puissions parler plus en détail de toutes ces personnes qui ne portaient pas Jeff Wakefield dans leur cœur.

J'acquiesce, d'un mouvement de tête raide et contrit, puis je sors de son bureau d'une démarche chancelante.

La dame au bureau d'accueil et moi nous ignorons mutuellement, et je me retrouve dehors sous un soleil éblouissant, à chercher frénétiquement du regard le vieux vélo merdique de Jeff.

Marissa apparaît au coin de la rue, poussant mon vélo « banana » jaune de la main. Elle porte une grosse liasse de papiers sous le bras.

— Comment ça s'est passé ? me demande-t-elle.

Je secoue la tête avec raideur.

— Viens, dit-elle, allons au bar.

— Au bar ?

Je me mets à flipper. J'ai l'impression que mon corps tout entier est rempli d'un millier de petites billes qui vibrent dans tous les sens.

— Pourquoi est-ce qu'on irait au bar ?

— Parce que c'est là que se trouve la voiture de Jeff. On aura besoin d'une voiture pour se déplacer ces prochains jours pendant qu'on réfléchit à tout ça, m'explique-t-elle.

J'expire longuement et profondément. Ce qu'elle dit est logique, et je sais qu'elle a raison.

— D'accord, dis-je, alors allons-y.

* * *

*L*e bonhomme ne change pas ses habitudes, dit Marissa d'un soupir sarcastique, en fouillant sous le siège conducteur de la Camaro rouge de Jeff. Elle y trouve le double de la clé, accroché sous le siège. Le ruban adhésif opaque utilisé par Jeff est de la même couleur que le siège.

— C'est maman qui lui a appris ça, dis-je en m'en souvenant tout à coup.

Marissa lève les yeux, comme si elle essayait de s'adresser aux cieux et dit :

— Merci, maman.

Un frisson me parcourt la colonne vertébrale. Je pourrais presque entendre maman nous répondre *mais de rien*.

Oh, si seulement.

Le bar est fermé, encerclé du ruban jaune de la police portant l'inscription *Accès Interdit*. Il y en a partout, sur toutes les portes, à l'avant et à l'arrière du bâtiment. On a de la chance, la voiture de Jeff est stationnée là, derrière le bar, et il me vient à l'esprit qu'on aurait peut-être dû demander à la police si on pouvait emprunter la voiture.

Marissa comprend instantanément ce qui se cache dans mon regard.

— Je les ai déjà appelés, dit-elle. Ils disent que c'est bon, la voiture a déjà été fouillée à la recherche de preuves. En plus, ajoute-t-elle, Jeff a été tué de manière si... simple.

— Simple ?

Nous avons déjà jeté les vélos à l'arrière de la voiture. Elle allume le moteur. Le grondement grave de la machine qui se met en marche a quelque chose de réconfortant.

— Quelqu'un est passé le voir tard hier soir et lui a tiré dessus, à bout portant, à la base du crâne.

— Mon Dieu, dis-je, l'estomac retourné.

De la bile remonte et exerce une pression à la base de ma gorge.

— Je crois que je vais vomir, l'avertis-je avant d'ouvrir la portière et de vomir tout le contenu de mon estomac, c'est-à-dire pas grand-chose.

Le goût âcre de la substance me brûle la gorge, la langue, la bouche, le ventre. Ça m'aide à ressentir les choses. J'ai du mal, ces derniers temps, à ressentir quoi que ce soit.

Quand on ressent trop de choses à la fois, on ne ressent rien de très spécifique non plus.

18

Nous rentrons à la maison, où nous sentons une forte odeur de café brûlé.

— Oh merde, siffle Marissa entre ses dents avant de courir à la cuisine à toute vitesse pour éteindre la cafetière. On avait complètement oublié le café, bafouille-t-elle.

Je pousse un soupir. J'ai l'impression d'avoir le ventre rempli de morceaux de verre qui s'agitent dans tous les sens. Je vais dans la cuisine et trouve le tiroir où sont rangées des vieilleries diverses, puis je fouille un peu et y déniche un sirop pour la toux. Je le glisse dans ma bouche en espérant pouvoir me débarrasser du sale goût que j'ai dans la bouche depuis tout à l'heure.

Elle fait le tour de la maison. Ses yeux sont si différents des miens. C'est ici que je vis, que j'ai vécu toute ma vie. Du moins la majeure partie de ma vie. Je n'ai aucun souvenir avant mon arrivée ici. Marissa, quant à elle, a une expression froide et calculatrice dans le regard.

— D'après ce qu'on m'a dit à la mairie, explique-t-elle en recommençant à préparer le café, on possède légalement tout ce qui se trouve dans la maison. Jeff est mort sans laisser de testament...

— Oh, génial, marmonné-je.

— Mais il n'a ni parents, ni frères et sœurs. Et donc, comme il est mort sans laisser de testament, et comme nous sommes ses belles-filles et comme notre maman a vécu dans cette maison...

— « Et comme, et comme », dis-je.

— Oui, ça devient long.

— Donc, ça va être à nous de débarrasser tout son bordel, en somme.

Je ne parviens pas à dissimuler l'amertume contenue dans ma voix.

— Oui.

— Et tu étais en train de penser qu'il fallait en finir avec ça.

Elle acquiesce.

Je monte dans ma chambre pour aller chercher un calepin et un stylo. Je finis par les trouver et redescends en claudiquant. Le café est presque prêt, et nous n'allons pas oublier de le boire cette fois. On en aura bien besoin. Le sirop pour la toux a un goût de menthol et de miel, ce qui n'est pas très apaisant.

Marissa me regarde.

— Ça va ?

— Je tiens le coup.

— Tu as des nouvelles de Chase ?

— Comment pourrais-je avoir des nouvelles de Chase ? Je n'ai pas de téléphone, Jeff me l'a toujours pris.

Nous nous regardons mutuellement et allons sans un mot dans la chambre de Jeff.

J'ouvre le premier tiroir de sa commode. Il est rempli de sous-vêtements, de chaussettes et... il y a bien toutes ses cartes de crédit en réserve et mon téléphone.

Jeff ne m'a jamais permis d'utiliser son téléphone. Il avait gardé un vieux portable à clapet premier prix qu'il me donnait lorsque je me rendais quelque part. Je ne m'étais pas doutée jusqu'à il y a peu qu'il ne m'avait pas donné ce téléphone pour pouvoir communiquer avec lui. Il me l'a donné pour pouvoir me pister comme il le voulait. Il me contrôlait complètement. Après tout, j'étais un précieux morceau de viande, non ?

Je me sens tout à coup mal à l'aise de me retrouver toute seule avec Marissa dans cette maison.

— Tu penses que Morty pourrait venir ici et rester avec nous pendant quelques jours ? demandé-je à Marissa.

Elle lève les yeux vers moi, et me regarde d'un air sceptique.

— Pourquoi ?

— Eh bien, dis-je en englobant toute la pièce d'un geste de la main, nous sommes seules, au milieu de nulle part, un baron de la drogue mexicain attend que je lui sois servie sur un plateau…

Son visage prend une expression amère.

— Dit comme ça, c'est vrai qu'on a peut-être besoin de Morty. Et aussi de toute une bande d'hommes pour nous protéger.

— Chase, murmuré-je.

Mais où peut-il bien être ?

Elle nous sert à toutes les deux une tasse de café et cherche du lait dans le frigo. Elle en trouvera certainement un peu, j'en suis sûre. Jeff en prenait toujours avec ses céréales le matin.

Une vague de tristesse m'emplit la poitrine. C'était peut-être un salaud, oui, et peut-être qu'il était prêt à me vendre pour faire de moi une esclave sexuelle, mais c'était tout de même mon beau-père. C'était tout de même un être humain, comme vous et moi. Personne ne mérite d'être tué de cette manière.

Mais il ne faut pas oublier qu'il était prêt à céder ma virginité comme on vendrait un objet sur eBay. Comme un vieux lot de cartes Pokémon ou une GameCube.

Connard.

Nous nous asseyons à la table de la salle à manger et buvons notre café, en restant silencieuses. Marissa tapote l'écran de son téléphone, car elle est en train d'écrire à Morty.

— Il vient de rentrer, dit-elle, et il a un travail à faire ce soir. Deux, même. Mais il dit qu'il peut essayer de revenir ici demain.

Je prends une gorgée de mon café et regarde par la fenêtre. Il n'y a rien d'autre que de la poussière dehors.

— Je me sens gênée pour lui, qu'il ait à faire tous ces kilomètres, dis-je.

— Ça ne le dérange pas, dit-elle, un petit sourire naissant au coin de ses lèvres, je pense surtout qu'il est impressionné que je lui laisse entrevoir cette partie de ma vie.

— Tu es si secrète que ça ?

Elle acquiesce.

— Je suis aussi secrète que ça, oui.

Chase. Son nom ne cesse de résonner dans mon esprit. Nous terminons notre café et Marissa attrape le calepin et le stylo posés sur la table en face de moi.

— Commençons par faire une liste de l'essentiel. J'aurai de la chance si je peux rester deux jours ici, Allie. Et je veux faire autant de choses que possible.

Elle me déblatère un paquet de détails techniques sur ce qu'elle a appris pendant sa journée au tribunal. Au bout de la cinquième ou sixième phrase, son récit ressemble plutôt à un ensemble de mots complètement mélangés. Elle a toujours eu un don pour l'organisation, tandis que moi, j'ai toujours été nulle pour ça.

— Dis-moi seulement quoi faire, dis-je finalement en lui prenant la main.

Elle caresse la mienne.

— OK, on va s'occuper de ta chambre en dernier. Mais on va commencer par la chambre de Jeff et la chambre d'amis, et voir ce qu'on trouve dans les armoires.

Nous nous partageons la tâche. Nous entrons d'abord dans la chambre de Jeff, et je dois prendre des cartons vides que j'ai trouvés dans la réserve pour commencer à y ranger ses affaires.

— Ça semble un peu brutal et inattendu, non, Marissa ? Ce type est mort seulement hier soir.

— Je sais, mais j'ai passé un autre appel lorsque nous étions en ville.

— Quel appel ? demandé-je en rangeant mécaniquement ses sous-vêtements et ses chaussettes dans un carton.

— J'ai dû appeler le propriétaire.

Elle grince des dents et reprend, énervée :

— On a onze jours pour débarrasser le plancher avant qu'il nous mette dehors.

— Onze jours ?

— Regarde le calendrier.

Je m'exécute.

— Merde. La fin du mois, c'est dans onze jours.

— C'est ça, dit-elle. Je ne sais pas toi, mais en aucun cas je n'aurai assez d'argent pour payer un mois de loyer supplémentaire ici.

Je reste sans voix. Je saisis tout l'impact qu'ont eu les évènements de ces dernières vingt-quatre heures. Cette maison, ce n'est plus chez moi. Jeff est parti pour de bon. Il laisse derrière lui un commerce, une maison, ainsi qu'une avalanche de questions. Quant à moi, sa mort me laisse complètement désemparée. Je m'affale sur le lit.

— Oh mon Dieu, Marissa, il faut vraiment qu'on s'occupe de tout ça, hein ?

Elle fronce les sourcils.

— Oui. Au moins cette maison n'est pas très grande, elle ne l'a jamais été. Ils nous ont toujours obligées à partager la même chambre, toi et moi.

Je me mets à rire en y repensant.

— Oui, tu avais horreur de ça. Tu détestais que ta petite sœur aille farfouiller dans tes affaires.

Elle termine de vider le premier tiroir de sa commode et passe au suivant, contente de pouvoir me parler pendant qu'elle est à la besogne.

Marissa ouvre le dernier tiroir des quatre que comporte la commode de Jeff et marque un temps d'arrêt.

— Allie, il faut que tu voies ça.

Je me lève et la rejoins.

— Quoi ?

— Regarde, dit-elle en pointant du doigt.

Ma boîte à musique ornée d'une ballerine est là.

— Quel connard ! hurlé-je.

Ce sentiment s'empare de moi comme une boule ardente d'émotions.

— Putain de merde !

Je saisis un petit plateau qu'il utilisait lorsqu'il vidait ses poches le soir, pour y mettre toute sa monnaie et ses tickets de caisse, et le balance à travers la pièce. Il rebondit bruyamment contre le mur et retombe derrière la tête de lit.

Marissa ne dit pas un mot. Elle n'a pas peur de moi. Je ne la déstabilise pas, d'ailleurs elle comprend mon geste.

— Il a tout volé ! Ce n'est pas vrai, Marissa ? D'abord il nous a pris maman, ensuite il m'a pris mon argent, et il s'avère qu'il a essayé de me vendre ma virginité et toute ma vie avec ! Et le pire, c'est qu'après la mort de maman, il t'a arrachée à moi !

— Il ne m'a pas arrachée à toi, Allie, c'est moi qui ai pris mes distances.

— Mais il m'a empêchée de te voir. Il t'a empêchée de me voir, aussi. Il était le noyau central de toutes les horreurs qui me sont arrivées dans la vie !

Elle se penche patiemment, sort ma boîte à musique du tiroir de sa commode et me la tend.

— Tiens. C'est à toi. Elle est revenue à sa véritable place.

— Merci, dis-je en reniflant bruyamment.

Je me rends compte qu'elle pèse son poids lorsqu'elle me la donne. Je la pose sur le lit à côté de moi.

— Continuons à ranger, soupire-t-elle.

— Ouais.

19

Une heure plus tard, nous avons sorti de la chambre presque toutes les affaires de Jeff. Nous n'avons pas bougé un seul meuble, et honnêtement, je crois que nous ne sommes pas vraiment conscientes de ce que nous sommes en train de faire. C'est seulement plus supportable de s'affairer à quelque chose que de ne rien faire. J'essaie aussi tout simplement de tuer le temps pour ne pas penser à Chase.

Marissa regarde son téléphone et je retiens les mots que je brûle d'envie de dire. Je veux lui demander : *Est-ce que Chase a appelé ? Est-ce que Chase a appelé ? Est-ce que Chase a appelé ?* Je pourrais lui poser mille fois la question, si je ne craignais pas qu'elle trouve cela irritant. Elle me regarde.

— Pas de messages, pas de SMS, rien de la part de Chase, dit-elle en lisant dans mes pensées.

Je m'avance jusqu'à la cafetière et me sers encore une autre tasse de café.

Je murmure en ravalant mes larmes :

— Merci.

Nous buvons notre concentré d'énergie liquide et nous

reprenons notre tâche, en commençant par retirer tous les draps du lit.

— Qu'est-ce qu'on va faire de tous ces trucs, Marissa ?

— Je ne sais pas. Avec la voiture de Jeff à disposition et celle de Morty, s'il revient ici avec, on pourrait au moins en ramener une partie à Los Angeles.

— Mais on ne pourra pas reprendre les meubles, cela dit.

— Je pourrais peut-être appeler une entreprise de déstockage et en tirer un bon prix.

— Comment ça marche, tout ça ? Qui va toucher l'argent ?

Ses yeux semblent fatigués lorsqu'elle me lance un regard et me dit :

— Il faut que je voie ça avec le personnel de la mairie.

Elle fait tellement plus vieille que ses vingt-et-un ans. Je ne suis pas en reste, j'ai dix-huit ans et dernièrement, j'ai l'impression d'en avoir quarante.

Tandis que nous défaisons le lit de Jeff, la boîte à musique rebondit à terre. Je ne crains pas qu'elle se casse. Ce n'est pas comme si elle pouvait être en pire état, de toute façon. J'ai déjà cassé exprès le mécanisme musical pour pouvoir la cacher dans le distributeur de tampons, là bas, au bar. Il semble que c'était il y a des siècles que je fourrais petit à petit les billets de cinq et de dix dollars dans la petite boîte avant de la cacher dans les toilettes. C'était il y a seulement… quoi, une semaine ou deux ? Il n'y a pas longtemps, donc. Et pourtant, ça paraît une éternité.

— *Allie.*

Quelque chose dans l'intonation de Marissa lorsqu'elle prononce mon nom me fait m'immobiliser complètement. Je me retourne lentement vers elle, un sentiment d'effroi envahissant toute ma personne, comme si quelqu'un nous observait.

— Quoi ? lui demandé-je doucement.

— Il faut que tu voies *ça*, dit-elle en pointant du doigt la boîte à musique.

— Tu m'as déjà sorti ça il y a à peine deux minutes, Marissa.

— Oui. Je le disais sérieusement tout à l'heure et je le dis tout aussi sérieusement maintenant, dit-elle.

Je regarde, et j'ai envie de crier. Je vois un petit sachet en plastique. Il y en a même un paquet, remplis de petits cailloux et de cailloux plus gros, de couleur blanche qui tire sur le grisâtre. Je ne sais pas ce que c'est, mais ça m'a tout l'air de ressembler à de la drogue. Lorsque la boîte à musique est tombée, elle s'est ouverte. Depuis tout ce temps, il y avait une sorte de double-fond dedans, sur le côté. Ce n'est pas un compartiment secret. On dirait que quelqu'un a scotché les petits sachets à la boîte à musique et a collé un revêtement supplémentaire du côté extérieur.

— C'est une sorte de …

— C'est de la méthamphétamine, affirme-t-elle d'un ton ferme.

— La meth, tu sais ce que c'est ?

— J'ai regardé *Breaking Bad*.

— Ah.

Pas moi, alors je n'ai aucune idée de ce dont elle parle.

— Vu la quantité de meth, ça représente une sacrée somme, dit-elle lentement.

Aucune de nous deux ne veut se baisser pour la toucher.

— Qu'est-ce qu'on fait ?

— On n'y touche pas et on appelle la police, dit-elle.

— La police ?

— Tu as dit que Jeff revendait de la drogue. Maintenant, on en a la preuve.

Les paroles du détective Knowles résonnent dans ma tête, toutes les accusations qu'il a portées contre moi d'avoir tué Jeff. Peut-être que si on le fait venir ici et qu'on lui montre la drogue, il comprendra que je n'avais rien à voir là-dedans. Cela dit, c'était aussi ma maison. Il pourrait être amené à croire que je suis impliquée dans le meurtre.

— Je ne pense pas qu'il faille encore appeler la police, Marissa.

Elle me regarde comme si j'avais trois têtes.

— Évidemment que si, on va appeler la police. Ce n'est pas comme si on pouvait laisser traîner des milliers et des milliers de dollars de drogue dans une boîte à musique d'enfant !

Son raisonnement est logique.

— Bon, dit-elle en se grattant la tête, avant de passer sa main nerveusement dans ses cheveux.

— Peut-être qu'on devrait attendre d'avoir tout fouillé et vérifié avant d'appeler la police, dis-je.

Ses yeux se posent immédiatement sur la porte du placard.

— On a tout vidé là-dedans, non ? dit-elle.

— On a sorti les cartons et les sacs, mais on n'a pas regardé ce qu'il y avait dedans.

Elle me lance un regard paniqué.

Je soupire :

— Bon, voyons voir ce qu'il y a là-dedans.

Nous avons tout sorti dans le salon, et nous éparpillons maintenant le contenu de tous les sacs sur le canapé. Je trouve une brosse à dents électrique. Très grande, d'ailleurs. Le genre de brosse à dents électrique qui tient sur un support qui recharge la brosse à dents. Elle est dans une boîte, descellée.

— Jeff n'avait pas de brosse à dents électrique, murmuré-je tout bas en plissant les yeux.

Il n'y a qu'une seule salle de bains dans toute la maison, et quand on vit tous les jours avec quelqu'un, on finit par connaître ses habitudes.

J'ouvre la boîte. Pour l'instant, je ne trouve que le support et la brosse à dents. Elle n'a jamais été utilisée. Tout cela est de plus en plus étrange.

À l'intuition, je saisis le support et l'éclate en mille morceaux, de toutes mes forces, avec un marteau qui était dans la boîte à outils que nous avons trouvée dans le garage. Le plastique se brise en de tout petits morceaux argentés, avec lesquels je pourrais m'ouvrir les poignets si je ne prends pas toutes mes précautions.

Ce que je découvre à l'intérieur me cloue sur place.

— Oh mon Dieu, Marissa ! hurlé-je.

— Quoi ?

— Cette fois, c'est toi qui dois venir voir ça !

Elle court vers moi.

Je sors des poignées de billets de cent dollars soigneuse-ment emballés du support en plastique fendu.

— Oh mon Dieu, s'exclame-t-elle, en tendant la main pour attraper une liasse de billets toute enroulée, il doit y avoir au moins vingt billets de cent là-dedans.

Elle me regarde.

Je fais de même.

— Il va falloir qu'on se prépare une cafetière entière, là, dit-elle en se dirigeant à pas feutrés vers la cafetière, et à propos, ça me fait penser à ce tricycle « Big Wheel » dans le garage.

Une heure plus tard, j'ai tiré tout ce que je pouvais de la chambre de Jeff. Je n'ai rien trouvé d'autre. Mais Marissa a touché le jackpot dans le garage.

Je fais les cent pas dans le séjour tandis que Marissa se tient debout à la table de la salle à manger. Trois grands sacs en plastique sont évidés en face d'elle, chacun de la taille d'un sac de congélation, et remplis de sortes de cailloux de diffé-rentes tailles. Nous y trouvons également un total de cent cinquante mille dollars en liquide, selon nos estimations, en coupures de vingt, cinquante et cent dollars. Il y a aussi huit ou neuf petits sachets de poudre, et quelques autres sachets de beuh. Même moi, je sais ce que c'est. Tout le reste reste un mystère.

Mais il y a aussi le plus gros lot sur lequel on ait mis la main : deux énormes sacs de plus de vingt kilos chacun contenant des pastilles pour adoucisseur d'eau.

Nous n'avons pas d'adoucisseur d'eau dans cette maison.

Jeff stockait près de quarante-cinq kilos de cristaux de méthamphétamine dans notre garage. Quarante-cinq *kilos*. Soigneusement cachés à la vue de tous.

— Il a réussi à faire tout ça, murmuré-je. Il a fait tout ça sous mes yeux, et je n'ai jamais rien vu.

— Il avait un grand talent pour cacher les choses, dit Marissa en fixant d'un air hébété toute cette pile de marchandise criminelle sur la table de la salle à manger. J'ai trouvé tout ça soigneusement caché dans une pile de nos vieux jouets, dans le garage. Il a dû chauffer le plastique, l'ouvrir avec des pinces, fourrer sa marchandise à l'intérieur et refermer l'ouverture. À moins de parfaitement savoir ce que l'on cherche, il serait impossible de savoir où trouver la marchandise.

— Oui, mais on aurait pu penser que je me serais au moins doutée de quelque chose et que j'aurais capté le principe de sa machination.

Elle me fait non de la tête.

— On peut facilement cacher quelque chose de vraiment compromettant, même dans les cachettes les plus inattendues, faute de mieux.

— Alors tu crois qu'il a caché tout ça parce que…

— Parce que c'est un putain d'énorme trafiquant de drogues, Allie ! me dit Marissa d'un ton de voix on ne peut plus frustré. Et parce que tu lui servais d'instrument.

— D'instrument ?

— Oui, tu représentais pour lui une sorte de caution fort utile pour pouvoir rembourser les dettes dans lesquelles il s'était embourbé, quelles qu'elles soient, et il avait tout simplement prévu de te revendre.

— Mais pourquoi est-ce que la police n'a pas réussi à mettre la main sur tout ça quand elle a fouillé la maison ? demandé-je.

Mon estomac s'est transformé en un chaudron bouillonnant, débordant d'accablement, d'inquiétude et d'horreur.

Elle fait un geste de la tête.

— Si nous n'avions pas déchiré ce double-fond dans la boîte à musique, on ne se serait jamais doutées de rien. Ce n'était pas un compartiment secret. Il a utilisé nos propres jouets, de quand on était petites, pour cacher la drogue et l'argent.

— Oh mon Dieu, gémis-je.

— Nos jouets d'enfant… tout un tas de symboles d'innocence. Il en a fait des outils de manipulation, crache-t-elle d'un air de dégoût.

Comme moi.

— Je… il faut que je sorte. J'ai besoin de prendre l'air. C'en est trop, dis-je en sentant monter la bile dans ma gorge.

— Tu sais quoi ?

Elle se dirige vers la cuisine, saisit un marchepied, grimpe dessus et attrape une vieille boîte en métal posée au-dessus des placards depuis une éternité.

Je l'interroge :

— Qu'est-ce que tu fais ?

— Le voilà, dit-elle, et sort de la boîte un paquet de cigarettes.

— Qu'est-ce que c'est que ça ? demandé-je.

— Un paquet de cigarettes de trois ans d'âge, marmonne-t-elle en regardant à l'intérieur. Merde ! Il n'en reste plus qu'une.

Elle se met à fouiller la maison du regard avec angoisse et reprend :

— Il va m'en falloir plus que ça. Je vais avoir besoin d'une cartouche entière pour y voir clair dans ce merdier !

— Oh, ça va avoir un sale goût !

Je suis à deux doigts de vomir pour de vrai. Je me retiens, cependant. Il faut que je garde les idées claires.

Elle me regarde.

— Au point où j'en suis, je n'en ai rien à faire. Je n'ai pas fumé de cigarette depuis le temps où je vivais ici. Mais je vais sortir.

Elle regarde sa seule cigarette puis jette un œil en direction du frigo.

— Tu sais quoi ? Je vais passer vite fait en ville. Je vais faire le plein, aller chercher des cigarettes, et quelques trucs à grignoter. Des boissons énergisantes, aussi. La nuit va être longue.

Je me dirige vers l'endroit où nous avons empilé tout l'argent de Jeff, et saisis du bout des doigts une paire de billets de vingt dollars dans la liasse.

— Tiens. C'est Jeff qui paye.

Marissa renifle bruyamment.

— Génial. C'est le moins qu'il puisse faire.

Elle sort à toute vitesse par la porte d'entrée, en faisant claquer la porte moustiquaire par deux fois, comme un clapet, tandis que je contemple la vie secrète de Jeff, étalée sous mes yeux. Quand on appellera la police, tout ce bordel ne fera que prendre de l'ampleur.

J'entends la voiture de Jeff qui démarre et le crissement des pneus sur les graviers du chemin couvert de poussière.

Je regarde la cuisine autour de moi et me rends compte qu'il est vingt-trois heures quarante-cinq. Nous n'avons rien mangé depuis douze heures. Je regarde ce qu'il reste au frigo. Il y a des œufs et du fromage, et quelques autres bricoles que je peux cuisiner pour nous remplir l'estomac, au moins. Je me mets aux fourneaux.

J'entends le *clap-clap* de la porte d'entrée, encore une fois. J'entends frapper deux grands coups sur la porte moustiquaire, puis plus un bruit.

— Hé ! Qu'est-ce que tu as oublié ? m'écrié-je. On aurait bien besoin d'un peu plus de nourriture, je suis contente que tu sois revenue.

Je verse de l'huile dans la poêle à frire et attends qu'elle commence à bouillir. La porte moustiquaire s'ouvre à nouveau, puis la porte d'entrée. J'entends Marissa arriver derrière moi, et je lui crie, de dos :

— Oh hé, tu veux du fromage dans ton...

Et avant que je n'aie eu le temps de comprendre quoi que ce soit, je ne ressens plus rien d'autre qu'une douleur atroce.

L'obscurité s'empare de moi, et le monde extérieur devient totalement silencieux.

20

Lorsque j'écarte les cils, j'ai l'impression que mes paupières pèsent une tonne chacune, et ont été imbibées de sel. Je ne vois plus rien d'autre autour de moi que du bois miteux et sale, et mes genoux sont devenus tout pâles. Le bois s'enfonce dans la chair sous ma peau nue, me labourant les os. De la lumière parvient jusqu'à mes yeux à mesure que je les ouvre lentement. Tout reste flou, je n'arrive pas à fixer mon regard sur quoi que ce soit. Tout paraît tamisé, feutré. Je ne perçois que des nuances de gris et un rayon de lumière.

Quelque chose me fait mal. J'ai mal partout. J'essaie de m'essuyer l'œil, mais je n'y parviens pas. Mes bras ne peuvent plus bouger. Je lutte pour y parvenir et je sens que quelque chose me brûle les poignets. Les os situés au niveau de mes épaules hurlent de douleur. J'ai l'impression que mes articulations se sont soudées entre elles. J'ai la gorge aussi sèche que le sable et la poussière du monde extérieur. Et il semble que quelqu'un a détaché mes bras du reste de mon corps.

Non, pas tout à fait. Je tente de les bouger et je sens quelque chose frotter contre la partie basse de mon dos.

Tout est à vif. Tout n'est que douleur. J'ai l'impression qu'on m'a enfoncé la base du crâne à coups de massue. Mes cheveux pendent autour de mon visage, comme une sorte de gros rideau opaque.

Je cligne des yeux. Mes paupières me paraissent gonflées, et si lourdes. J'avale ma salive et sens un goût de sang, comme une saveur amère de cuivre usé qui me glisse du coin de la lèvre. Les battements de mon cœur palpitent dans ma bouche, et je me rends compte que ma lèvre s'est à nouveau fendue.

Lentement, je reviens à moi et recouvre mes esprits. De maigres traînées de lumière viennent me piquer les yeux. Des grains de poussière flottent dans les airs, là où la lumière du soleil pénètre. J'ai la tête baissée. Si je la relève, je crois qu'elle va se détacher net.

Je prends une grande inspiration et sens quelque chose me transpercer le cœur. Instinctivement, j'essaie de m'asseoir, mais je n'y arrive pas. Je n'y arrive pas, et ma hanche est prise d'un spasme qui me donne envie de hurler. Mais aucun son ne me sort de la gorge. J'aimerais tellement pouvoir replonger dans l'obscurité.

Je baisse les yeux et constate que j'ai les genoux découverts, les mains attachées derrière le dos, plaquées contre l'arrière du dossier d'une petite chaise en bois. En baissant à nouveau les yeux, j'aperçois mes seins nus, les tétons pointant vers le bas, et j'ai de la crasse étalée partout sur la poitrine. Une empreinte de main se dessine nettement au milieu de toute cette saleté. La peau de mon ventre est toute plissée, et mes mollets glissent contre la chaise en bois, dure comme la pierre. Je suis entièrement nue.

Un courant d'air souffle brusquement et accentue encore davantage la vulnérabilité induite par ma nudité, la brise effleurant des parties de mon anatomie qui ne sont pas censées être découvertes. Je me crispe instinctivement.

Un claquement sourd de bottes se fait entendre, des talons en bois qui piétinent le plancher, complètement synchrone avec ma respiration. La dernière fois que j'ai entendu ce bruit, c'était au bar de Jeff. Le jour où Chase est entré dans ma vie. Je tente de lever la tête pour voir à quoi ressemble celui qui porte les bottes en question. Mais c'est impossible, j'ai une corde serrée autour du cou.

Elle est attachée à la chaise, et descend le long de mon corps jusqu'à l'endroit où ma cuisse vient se rattacher à l'aine. Si je lève la tête trop haut, je pourrais finir par avoir des éraflures sur des zones fort peu commodes.

La pièce embaume une odeur de sueur, de pisse et de peur, également. Je me demande si je me suis fait pipi dessus. Et puis je me dis finalement que je n'en ai rien à faire. Je n'ai même pas eu la présence d'esprit de me demander où je peux bien être. J'ai déjà de la chance de me rappeler qui je suis.

Le claquement des bottes sur le plancher s'arrête brusquement. J'entends une autre paire de pieds bottés s'approcher. Puis trois. Puis quatre. Il semble finalement que toute une foule se soit rassemblée. Il y en a plus de dix, c'est tout ce que je peux dire. J'entends majoritairement des voix d'hommes, mais de temps à autre, une voix de femme se fraye un chemin çà et là dans le groupe.

Une personne bottée s'écarte des autres et s'avance près de moi. Elle doit être à soixante centimètres de moi. Ou un peu plus d'un mètre, ou bien trois. Ou peut-être six, à l'écart des autres. Je me rends compte que je suis dans une grande pièce caverneuse qui résonne. Dans la pièce émane une odeur de paille moisie et de pisse. Je suis exposée à la vue de tous.

Alors que le claquement des bottes se rapproche, je sens une main se tendre vers moi. C'est une main d'homme, les jointures des doigts, sur le dos de la main, sont recouvertes d'un épais duvet de poils. Cette main aux ongles crasseux, avec une épaisse couche de corne sur le bout des doigts, se tend vers moi et me touche le menton pour venir le relever. En la sentant sur moi, je ferme les yeux. La tension dans ma clavicule me donne envie de hurler d'agonie. La corde m'étouffe, et il finit par relâcher mon cou.

— Ouvre les yeux, dit-il.

Je m'exécute lentement et me surprends à fixer une paire d'yeux jaunes, parsemés de reflets dorés. Mon cœur, dont je craignais qu'il se soit arrêté, se gonfle d'espoir.

Chase.

C'est Chase.

Je voudrais prononcer son nom. Mais lorsque j'essaie de bouger les lèvres, rien ne me sort de la bouche. J'ai perdu ma faculté de parler. Mais tout ira bien désormais. Je suis sauvée.

Chase est venu me tirer de là.

J'entends quelqu'un crier dans la foule.

Les mots n'ont plus aucun sens. Mon cœur papillonne dans ma poitrine, exactement comme un papillon sorti de son cocon et prêt à prendre son envol.

Quoi qu'il ait pu m'arriver, le pire est derrière moi. Il est là.

Il crie quelque chose à quelqu'un en retour.

— Ouais, t'avais raison.

Ses yeux reviennent se poser sur moi. Je prends alors conscience qu'ils sont froids. Sombres. Tout à fait différents de ceux que je connais. La foule, maintenant, s'approche. Le bruit des talons de bottes sur le sol ressemble à celui d'un fusil que l'on arme. Et ils se tiennent tous debout face à moi, à me contempler dans toute ma nudité.

Je m'attends à ce que Chase les réduise tous en bouillie, mais au lieu de cela, il laisse l'un d'entre eux le bousculer. C'est Quebec, qui lui dit quelque chose d'une voix si basse que je ne l'entends pas. Mais une assez grande partie de la foule se met à rire, d'un son guttural grave d'une vulgarité malfaisante.

Malgré la douleur, je m'efforce de relever les yeux, car j'ai besoin de le voir. Chase me détaille du regard, des genoux à la tête. Je ne peux qu'imaginer la vision qu'il a sous les yeux. Je veux me couvrir. Je veux m'enfuir, redevenir moi-même toute entière et me faire toute belle pour lui. Je veux…

Je veux n'importe quoi, sauf ça.

Puis il pose à nouveau sa main sous mon menton. Elle est dure, indifférente à ma douleur.

Enfin, Chase déclare :

— Oh, oui. El Brujo va l'adorer.

* * *

*D*écouvrez l'époustouflante suite et fin de l'histoire dans *Allie pour toujours*, troisième et dernier tome de la série Briser ses chaînes de Meli Raine !

À PROPOS DE L'AUTEURE

Écrivaine à succès du journal *USA Today*, Meli Raine est montée pour la première fois sur une moto à l'âge de cinq ans, mais elle aimait déjà jouer au milieu des vagues dans l'océan bien avant cet âge. Elle vit dans la région de Nouvelle-Angleterre, aux États-Unis, avec sa famille. Rendez-vous sur le Facebook de Meli Raine à l'adresse suivante : http://www.facebook.com/meliraine

Inscrivez-vous à la Newsletter d'information pour recevoir toutes les nouveautés de Meli Raine à l'adresse : http://eepurl.com/beV0gf